图画书研究 MOOK

画里话外

Within Pictures Beyond Texts

03

颜色与儿童的感觉

阿甲 [法]苏菲·范德林登 [美]伦纳德·S.马库斯/主编

南京大学出版社

图书在版编目（CIP）数据

颜色与儿童的感觉 / 阿甲等主编 . -- 南京：南京大学出版社，2020.11
（画里话外）
ISBN 978-7-305-23803-1

Ⅰ . ①颜… Ⅱ . ①阿… Ⅲ . ①儿童故事－图画故事－色彩学－文集　Ⅳ . ① I058-53 ② J063-53

中国版本图书馆 CIP 数据核字 (2020) 第 176989 号

Aa.Vv, Hor[s] Cadre, n. 13, La couleur,
© L'Atelier du Poisson Soluble, 2013
Simplified Chinese translation copyright © 2020 by TB Publishing Limited
All rights reserved.

江苏省版权局著作权合同登记　图字：10-2019-206 号

出版发行	南京大学出版社
社　　址	南京市汉口路 22 号
邮　　编	210093
出 版 人	金鑫荣
项 目 人	石　磊
策　　划	刘红颖
特约策划	奇想国童书
丛 书 名	画里话外
书　　名	颜色与儿童的感觉
主　　编	阿甲等
责任编辑	张　珂　石　磊
责任校对	邓颖君
项目统筹	郑先子　郑宇芳　殷学连
装帧设计	田丽丹
印　　刷	北京利丰雅高长城印刷有限公司
开　　本	880×1230　1/16　印张　6.75　字数　250 千
版　　次	2020 年 11 月第 1 版　2020 年 11 月第 1 次印刷
印　　数	1—4000
ISBN 978-7-305-23803-1	
定　　价	78.00 元

网　　址：http://www.njupco.com　　官方微博：http://weibo.com/njupco
官方微信号：njupress　　销售咨询热线：（025）83594756

★ 版权所有，侵权必究
★ 凡购买南大版图书，如有印装质量问题，请与所购图书销售部门联系调换

画里话外

目录

主编的话

01 图画书：连接童年与感觉世界的桥梁

04 艺术，是什么颜色？

06 在多样阅读中探索广阔世界

话　题

08 颜色是怎样走入童书世界的？

聚　焦

14 柯薇塔：色彩的魔法

话　题

16 纸上的色彩
　　——印刷技术与颜色创新揭秘

聚　焦

20 朱成梁的颜色"触感"

话　题

24 色彩：撬动图画书情感的隐形之手

访　谈

32 不拘泥于传统，开放创作更有个性
　　——出版人、艺术家周翔专访

话　题

42 透视儿童的图画阅读
　　——从图画信息到色彩意义

聚　焦

48 从暗淡到明亮
　　——《大城市里的小象》系列的色彩与情感

话　题

54 颜色如何塑造图画书的戏剧性？
　　——以安纳斯·芙吉拉和苏西·李的作品为例

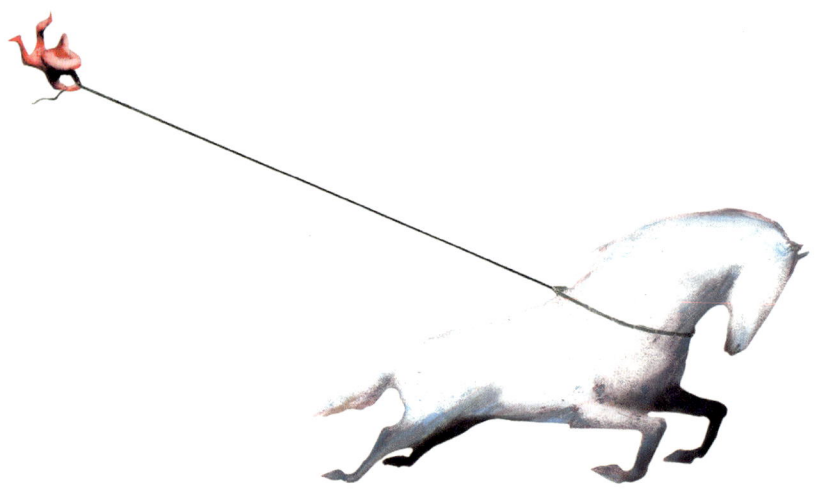

创作谈

56　不疾不徐，十年探索
　　——我的图画书中的色彩语言与儿童

话　题

64　在同一片天空下
　　——运用视觉技巧唤醒孩子的感知力

人物志

70　多莱尔夫妇：用石版艺术雕刻视觉世界

话　题

76　被"冒犯"的读者
　　——幼儿园阅读活动观察

聚　焦

84　一个故事结束，另一个故事才能开始
　　——与苏菲·布莱科尔聊孩子对复杂情感的理解

访　谈

88　7问多雷米：图画书的颜色实践

荐　书

92　9本与颜色及儿童的感觉相关的专业书籍

我的第一本图画书

98　陈赛、刘畅《胖金鱼去哪儿了？》

图画书：连接童年与感觉世界的桥梁

[主编的话]

文／阿甲

在图画书世界浸淫多年的读者，有时会忘记这种书籍形式是何等神奇。图画书因儿童之名而诞生，却由成年人创作。即便是最非凡的艺术家，其作品也需经过印刷工艺重新洗礼，再经商业出版，批量成册；然后通过书店、图书馆等渠道，借父母、教师、图书馆员等成年人之手，最终呈现于儿童面前。真正令人惊奇的是，经过如此繁复的周折，伴以每个环节不得已的损耗，许多优秀作品最终仍保持着旺盛的活力，能在顷刻间唤起儿童读者无比美好的感觉，在阅读过程中生发无尽的欢喜。此等奇迹的背后定然藏着某种秘密。

艾瑞·卡尔
《好饿的毛毛虫》
信谊／明天出版社

至少从20世纪初开始，人们已逐渐认识到，儿童借助五感能够进行富有成效的探索，学习并不等于简单的记忆与灌输。基于这样的认知，为幼儿创作图画书，不仅可能而且非常有意义。以玛格丽特·怀兹·布朗（Margaret Wise Brown）为代表的幼儿图画书开拓者们进行了颇为超前的尝试，将书籍在某种程度上变成了玩具，用诗化的、常常带有互动色彩的、有时颇具荒诞趣味的文字，配以富有现代感的色彩与图案设计，更在开本、版式与印刷材质上大胆革新，让小读者们不仅可以"读"书，还可以"玩"书，通过看、听、闻、摸、啃等方式来体验完整的探索过程。当然，在这个过程中，为孩子朗读、与孩子一起玩书的大人也起到了关键作用。

塞德里克·拉马迪埃，
文森特·布尔若
《睁大你的眼睛》
奇想国童书／海豚出版社

开拓者们的尝试并没有一开始就在成人世界受到欢迎。即使是美国的儿童图书馆，也有过因异型开本难以陈列而被拒绝馆藏的时期。到了20世纪六七十年代，如艾瑞·卡尔（Eric Carle）的《好饿的毛毛虫》这样的挖孔纸板

书，也没能在图书馆领域率先得到鼓励，反而是家长和幼教工作者们发现了这种书的妙用，这是因为他们在使用中看到了来自幼儿的热烈反应。

从创作与出版的角度来看，艺术家们对童稚色彩的理解和追求，印刷技术的发展程度与出版商基于成本的考虑，都在很大程度上影响着开拓与创新的进程。本书中占相当篇幅的文章，重点

亚历山德拉·加里巴尔,
弗雷德·贝纳格利亚
《城里的红狗》
奇想国童书 / 海豚出版社

讨论了图画书色彩与印刷创新的发展进程。颇为难得的是,我们在看到法国艺术家的追求与印刷工艺演变的同时,也有机会了解美国图画书大师对色彩的理解与运用实例,还能够看到中国当代最优秀的创作者独特的风格与勤勉的探索历程。在这里,既有耐人寻味的比较,也有诚恳而颇具启发意义的对话。

不过,在这样的溯源、比较与分析过程中,我们一定不能忘记图画书创作的原点:图画书的存在终究是为儿童探究世界而搭建桥梁的。我们需要更多地站在儿童的立场上,了解他们是怎么从图画中读取信息,又是怎样将这些信息与自身经验有效连接的。

儿童如何读图?这是个颇让人着迷的话题。作为成年人,我们在童年时代都读过图,但在成年之后,大多数人都忘记了获得此等技能的来龙去脉,更多的是抛弃了在这方面曾有过的热情。因此,在为儿童创作图画书或与儿童共读图画书时,成人会有颇为不恰当的期待,致使他们与儿童的感觉连接失败。本书中来自心理学领域的文章则提供了一个独特的视角,帮助我们理解儿童欣赏图画、从连续画面中读出故事的心理机制,同时也特别强调颜色对于儿童的特殊意义。

"站在儿童的立场"并不像说起来那么容易。来自幼教研究者的观察显示,在当下幼儿阅读图画书的许多活动现场,幼儿读者常常被"冒犯"。幼儿教师基于预设的教学目标,对图画书进行看似丰富、活泼却可能偏离核心的教学设计,使实际的阅读过程变成限于成人表层理解范围内的热闹活动。真实的状况是,图画表达的多义性并不一定会使幼儿在图画书阅读中处于劣势。在特别富有创造力和感染力的叙事性图画面前,发自内心的纯粹热情让他们相较于成人反而更具优势。夸张一点儿说,天才艺术家的五感很可能与儿童的五感更容易连接,因为他们可能一直保持着很好的童年状态。在幼儿阅读活动现场,幼儿对作品的解读往往更容易指向核心问题。他们是用感觉直达,而成年

亚历山德拉·加里巴尔,
弗雷德·贝纳格利亚
《城里的红狗》
奇想国童书 / 海豚出版社

熊用它的爪子拨开积雪。

它们透过朦胧的、冰冻的潮水，看到鱼儿们静静地漂浮着，安然地沉睡在一片绿意深处。

人更依赖理性分析。

了解到儿童感受图画书的这一特质，成年人需要特别小心，尽量避免在与儿童共读时对其蛮横地干预，应当尊重他们依据自身经验去建构的权利，这也是对儿童享受图画书的权利的尊重。

中国原创图画书的迅猛发展，主要集中在进入21世纪的近20年间。我们渐渐意识到，原创的发展不仅仅是创作者与出版人的事情，它非常依赖良好的土壤和社会生态。创作的提升不仅依赖经验、知识、技术，也依赖创作者、研究者、推广者与读者整体观念的提升。

与成年人的书籍相比，图画书最大的不同可能就在于，它在努力尝试与潜在读者的五感进行连接。图画书的创作者们相信，虽然儿童读者从文字中直接获取信息的能力有限，但通过调用其鲜活敏锐的感觉，他们可以获得别样的（甚至可能更丰富的）信息。儿童常常是富有创造力的艺术家不可多得的知音。

于是，奇妙的事情常常因此而发生：潜心为儿童创作的艺术家渐渐发现，创作过程也是与自身的童年相连接的过程，本来为惠泽儿童而做的事情，却反过来成了儿童对自己的帮助——帮助他们成为更好的自己。

常常与孩子共读图画书的大人应该也会有这样奇妙的体验，只要他们愿意愉快地观察孩子们的反应，虚心聆听孩子们的意见。❖

丹尼尔·萨尔米利
《熊和狼》
奇想国童书即将出版

艺术，是什么颜色？

文／苏菲·范德林登
译／李学敏

瑞士色彩学研究者约翰内斯·伊顿（Johannes Itten）的《色彩艺术》倘若在今天出版，会以什么样的形式出现呢？这本首版于1961年关于色彩的理论专著，会提供全面了解这一主题的视角吗？在电脑绘图和印刷技术有了革命性发展的今天，色彩造型艺术已经变得非常复杂，且很难用已知的门类去定义，那么这样一本从现象学角度出发来完成的专著，在当下依然值得阅读吗？

基于这一提问，本书此次选择探讨生动活泼、千变万化且充满各种可能性的"颜色与儿童的感觉"这一主题。对于以儿童为主要阅读对象的图画书来说，缤纷绚烂的色彩是一大特点，并与儿童的五感紧密相连。或许几十年之后，我们会对一些极尽色彩可能性的现代作品投以赞赏的目光，正如我们现在欣赏20世纪70年代——那是一个大胆而肆意创新的年代——的作品一样。

技术的革新不断引领创作者们在更广阔的空间展开探索，并为他们提供了可以无限扩大和无限拆解的表达空间，这其中甚至包括在最基础的图形、工艺与色彩方面的表达。而在印刷技术领域，我们也可以看到两种工艺的并行，一种是在出版之前，作品的颜色都是虚拟的，仅存在于创作者的电脑屏幕中，只有在出版之后，其颜色才真实可感；另一种方式，则是从头至尾均用丝网印刷的方式制作完成，印刷的过程也是对颜色进行选择的过程，最终的呈现完全是手和眼相互配合的结果。

毫无疑问，图书印刷时代的特点就是突破用线条刻画形象的古老方法，使运用色彩去塑造形象成为可能。在保罗·塞尚（Paul Cézanne）之后50年的时间里，我们可以确定地说，到了

凯蒂·克劳泽
《美杜莎妈妈》
奇想国童书／浙江少年儿童出版社

[主编的话]

詹姆斯·瑟伯,尹柱喜
《想当国王的老虎》
奇想国童书 / 浙江少年儿童出版社

做出改变的时候了。创新的实践滋养了其他视觉流派的发展,但在图像文学领域,艺术发展史上的各种演变以及对过去技艺的回顾,给了创作者很多灵感和启发,也就是说,我们今天研究20世纪50年代图画书的颜色是极有价值的事。不过,图画书和漫画一样,有它们自己的历史背景。毫无疑问,它们共同的历史都和图画——先是雕刻,后是素描——相关联,都深刻地展现出了它们自身的特色。特别是从20世纪90年代开始,越来越多的油画家和设计师加入童书领域,将线条与纯色艺术相结合,从而使得印刷出来的图画,不论是通过线条勾勒还是颜色描绘,抑或是二者的融合,都能够被生动地呈现出来。

就童书而言,在颜色的使用方面也面临许多其他的规则与挑战,甚至有一些必须要去跨越的障碍。比如,相对固定的参照色,填色技法的使用是否需要参照儿童涂鸦的方式,而其中最重要的一点,不外乎是要确定每种颜色所象征的意义与它所代表的叙事性。只有满足了所有的这些条件,书中那些"纯艺术性的表达"才能够既被孩子们接受,又为他们提供充足的想象空间。

回顾过去令人目眩的革新,立足当代充满创造性的现实环境,我们不禁要问:在颜色的艺术世界里,还有哪些值得创新之处?——无穷无尽,便是这本书里的作者们给出的答案。❖

在多样阅读中探索广阔世界

文／伦纳德·S. 马库斯
译／四月

约克·穆勒
《谁来帮帮哈尼兔？》
奇想国童书／海豚出版社

研究人员对于揭秘儿童如何年复一年地成长变化，做出了相当卓越的贡献——不仅仅是在生理层面，还包括儿童的情感、认知、语言、社交技能等多个方面。在过去的一个多世纪里，心理学家及其他领域专家的研究发现稳步增加，在塑造我们所喜爱的童书方面扮演了重要的角色。孩子从婴儿时期开始阅读的书籍可能并应该具备什么样的特质，童书出版领域对此进行的各种创新性尝试，是这些研究令人可喜的成果之一。

20世纪20年代以前，几乎没有人相信这种可能性——为5岁以下的儿童创作一本有意义的书。平均年龄5岁的孩子可以做到专心听童话或其他类型的故事，也可以理解图画书中一系列连贯的图画所表达的故事内容。但婴儿或者学步期的孩子呢？和这么小的孩子共读一本书的意义何在？1911年，纽约公共图书馆中央儿童阅览室首次对外开放，欢迎的都是能在登记簿上写出自己名字的男孩和女孩，而不是他们那些流着口水的不安分的小弟弟和小妹妹们。

然而，与此同时，在纽约银行街教育学院创始人露西·斯普拉格·米歇尔（Lucy Sprague Mitchell）的带领下，心理学家和教育学家们开始研究人类早期——从出生第一个月到此后几年——是如何学习的，并在这方面取得了令人印象深刻的进展。一个重大的突破来自对儿童的洞察，即他们从出生起就是感官学习者：在他们能够运用逻辑来思考或者安静专注地坐着听完一个故事之前，在如此长的一段时间里，他们本能地将视觉、听觉、味觉、触觉和嗅觉这五感作为工具，探索他们家庭周围的环境，形成他们发现自己所在世界的第一印象。研究者们由此认为，完全有可能为这些最年幼的学习者设计新型的图书形式，以滋养他们与生俱来的探索欲。

在全新的图书形式中，纸板书就是受到这些研究成果的启发而出现的。特意设计出来的小尺寸，全书通常只有12页，印刷在硬纸板上——纸板书体现出一个众所周知的事实，那就是婴儿和学步期的孩子会啃咬和抓握视线范围内所有的东西。从传统意义上来说，很多成年人将这些行为解释成幼稚的恶作剧或者彻头彻尾的恶习。但是，在心理学家看来，更为合理的解释是，对处于前语言阶段的孩子来说，啃咬和抓握是帮助他们探索世界的最好方法。

第二种为人所熟知的新形式是"触摸书"，举个经典的例子——多萝西·孔哈特（Dorothy Kunhardt）的《拍拍小兔子》（Pat the Bunny）。在这本有趣的图画书中，一些带有纹理特质的材料被粘在图画中，用于提示那些通过触觉进行探索的小读者，比如，画面中的小兔子有一条真正的棉球尾巴，故事里的父

多萝西·孔哈特
《拍拍小兔子》
© Golden Books, 1940

[主编的话]

亲留着扎人的胡子,胡子粗糙的触感是用砂纸碎片来表现的。这类形式新颖的书中,有些书的印刷材质用布替代了纸张,从而提升了整本书的触觉趣味;有些书则被设计成"洗澡书",能漂浮在浴缸中,随时可以拿起来共读。

说到为"年幼的感官学习者"创作图画书的大师级人物,当属美国童书作家玛格丽特·怀兹·布朗。布朗在露西·斯普拉格·米歇尔带领的银行街教育学院学习时就开始为儿童写作,她陆续创作了数十本有趣、抒情、精彩绝伦的图画书。比如,她的《吵闹交响曲》邀请学龄前的孩子们模仿在城市街道、海边或农场里有可能听到的各种声音;《毛茸茸一家》(Little Fur Family)出版时,布朗坚持用真实的兔毛做护封,那样,孩子们在抚摸和拥抱这本书的时候,就会想象它是"活的";她鼓励搭档的画家们用半抽象的风格、鲜艳的色彩进行创作,以便给孩子们的想象留出更多空间。布朗下决心创作出能调动孩子五感的童书,为此,她甚至想出了一个计划——制作一本读完之后可以吃掉的书。她设想了一个插图故事,用可食用的染料印在果皮上,再将风干后的果皮压成薄纸片。可惜,没有出版商愿意为这个独特的想法尽力一试。

当孩子渐渐长大,能够理解一个完整的故事时,他们也越来越能够将自己的感官印象与更抽象的思考能力结合起来。在本书中,吉莉安·恩伯格的文章里讲到的一些图画书,给处于更高发展阶段的孩子提供了运用日常经验的机会,比如,用狂风扫过脸庞的感觉来想象比较极端的故事情节,她举了夏洛特·佐罗托(Charlotte Zolotow)在《暴风雨中的孩子》里所描写的倾盆大雨的例子;埃米莉·施耐德向我们展示了艺术家迈克·库拉托(Mike Curato)怎样用色彩技法为绘画编码,从而向读者传递出故事主人公情绪的波动起伏;在介绍图画书作者多莱尔夫妇的文章中,蒂莫西·扬追溯了这对艺术家夫妇选择更加野性而富有视觉冲击力的调色方式的转变过程,这是因为他们的故事从讲述世俗的人类转为讲述极具传奇色彩的神灵,从颜色上看,多莱尔夫妇似乎找到了一种有效的方式,能够将超自然的领域表现得更为真实;凯迪克奖获得者保罗·欧·泽林斯基在文章中为佐证他的观点——颜色不仅仅是简单地使画面变得明亮,还可以无限大地增加故事所讲述的意义——提供了很多方法。最后,在我们推荐的9本理论书籍中,书评人詹妮弗·布朗向家长和教育工作者们推荐的3本专业理论书籍,其中一本是可以在线免费获取的。这几本理论书籍以不同的角度推荐了多种优秀的儿童图书,这些书在带给孩子阅读愉悦的同时,也让他们体会到探索世界的欣喜。❖

玛格丽特·怀兹·布朗,
加思·威廉斯
《毛茸茸一家》
© Harper&Brother,1946

颜色是怎样走入童书世界的？

文／玛丽安娜·贝里西
译／李学敏

语言学家告诉我们，为颜色命名时，语言与文化发挥着重要作用；医生让我们明白，孩子很晚才会对颜色拥有感知能力；艺术评论家明确地指出，所有颜色都是可以被看到的；物理学家则认为，如果说有一种颜色是人类无法看到的，那就是光的颜色；哲学家竭尽全力研究人对颜色的感受；色彩设计师向我们证明，有千百种方法去创造新的颜色……而我们不禁会问，对于辨认并说出颜色名称尚有困难的孩子们来说，面对众多颜色，他们会不会感到迷惑？尽管我们总是认为，孩子和颜色似乎有着天然的关联。或许，再也没有人比瓦尔特·本雅明（Walter Benjamin）能更好地理解孩子与颜色之间的关系。本雅明将颜色视为孩子的一种情绪表达、一种情感状态和一种感觉，这让我们想起歌德（Goethe）所说的：能够看到颜色是人类的一大乐事。

如果我们追溯彩色手稿中颜色的起源就会发现，直到19世纪，儿童图画书里才出现颜色，而且这在很长一段时间内都存有争议。在那个时代，一些教师和教会的神职人员不顾图画的美感和呈现的场景，极力抗议在给孩子看的认知书中使用鲜亮的颜色，他们认为这些鲜亮的颜色具有粗俗性，会刺激暴力行为，只有柔和的色彩才适合童年甜蜜的感觉。但在当时，一部分人也被迫接受了另一种观点，即颜色对幼儿审美教育来说是不可或缺的部分，或者说是构成审美教育的一个完整部分。这也是我们这里着重探讨儿童图画书中颜色塑造形象的原因。

从彩色石印术到插画家

如果说颜色的发展取决于实践的技术条件，那么，在图书出版领域，颜色就是处于不断变化之中的。从彩色石印术的发明到电脑绘图，颜色所呈现的可能性一直在不断发展和精细化。印刷方式和技术的发展，使所有造型艺术能够以最忠实于原作的方式得以复制；而电脑图像调色板软件的使用以及古老工艺的重新发现，也促进了颜色的创新以及新的对比色的应用。

19世纪下半叶，被称为色彩大师的英国出版商埃德蒙·伊凡斯（Edmund Evans）革命性地创造了一种"玩具书"，内含8页彩色页面，价格低廉，印刷量大。而他和沃尔特·克兰（Walter Crane）、伦道夫·凯迪克（Randolph Caldecott）、凯特·格林纳威（Kate Greenaway）等艺术家合作出版的儿童读物，开创了童书出版的新纪元。随着彩色石印技术的提高，埃德蒙·伊凡斯完美呈现了凯特·格林纳威水彩画的"柔和宇宙"——印刷出一种透明且光彩合一的印刷效果，由此影响了一代水彩画家，如乔治·勒穆瓦纳（Georges Lemoine）等，以及他们用色淡雅而明亮的绘画风格。

在法国，阿歇特出版社（Hachette）于1860年出版了由布泰·德蒙韦尔

布泰·德蒙韦尔
《写给小小孩的老童谣》
(Vieilles chansons pour les petits enfants)
© Plon/Nourrit et Cie, 1883

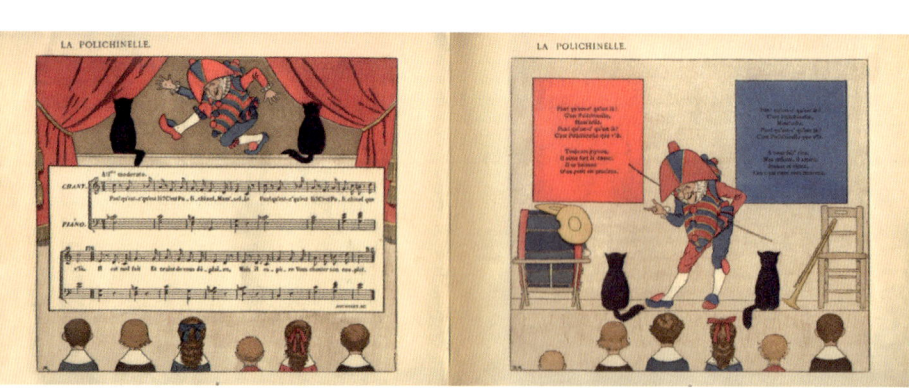

(Boutet de Monvel)创作的一系列彩色图画书。这一系列图画书以其简明轻快的图画、柔和的色彩,以及现实主义和理想主义共存的儿童视角,很快就得到了大众青睐,获得了极大的商业效益。而童书创作者阿尔伯汀·德莱塔耶(Albertine Deletaille)通过为法国弗拉马里翁出版社(Flammarion)的《海狸爸爸》系列图画书创作插画,非常具体地定义了一种适合儿童图画书的插画风格——令人安心的画面、柔和的色调、写实且精致的线条。而这一风格的流行,基于人们认为儿童是脆弱的这一认知。阿尔伯汀·德莱塔耶代表了"二战"之后在法国盛行的类似《海狸爸爸》系列图画书的一个创作趋势——着重突出色调的和谐性。

但这些柔和的色彩有时候并不能准确地传达内容,它们无法展现毕翠克丝·波特(Beatrix Potter)的水彩画中大自然较为残酷的场景,也不能展示艾姿碧塔(Elzbieta)的图画书《两只小兔子》(Flon-Flonet et Musette)里战争的场面。这可能也解释了,为什么成年人会有过度的反应,因为他们误解了图画书的内容。

由于被认为过于矫揉造作,柔和的颜色在20世纪70年代一度被弃用。创作者们转而使用很多鲜艳明亮的颜色,完全改变了儿童读物的风向。没有了审美上的偏见,崇尚绘画自由逐渐成为一种趋势。但其实这种趋势早就有所显露,只是没有得到推广。1919年出版的《幸福的经历》(Macao et Cosmage ou l'Expérience du Bonheur)和1929年出版的《白色巡船》(La Croisière Blanche)就是童书领域划时代的作品。这两本书的出版在童书出版业中制造了前所未有的突破。艾迪·罗格朗(Edy Legrand)享有盛名的图画书《幸福的经历》,其灵感来源于海报。他首创性地使用正方形的版面设计,并通过在模板上刻画图画,然后再进行移印的方式印刷,画面鲜艳的颜色也颠覆了当时的审美观。而1929年由托尔莫出版社(Tolmer)出版的杰克·罗伯特(Jack Roberts)的《白色巡船》之所以在童书创作史上占有很重要的地位,不仅仅是因为其抽拉式的装订形式,还因为书中的人物形象(毛边的黑色粘贴画)在以粉色和蓝色为底色的石印画上显得格外突出。这两本图画书创造性地运用了新的颜色来源,且技巧高超、图画简洁、形式精炼。

在瑞士的印刷业、波兰的广告插画家、美国的流行艺术和图钉工作室(Push Pin Studios)的影响下,20世纪70年代,童书创作开始出现新的趋势。一些平面广告设计公司的艺术总监开始投身童书出版业,他们在儿童图书中加入广告审美元素和街头艺术元素,以此引发了革命性的创新,以至于我们把20世纪70年代看作是属于"颜色"的彩色乌托邦。法国出版商及设计师弗朗索瓦·吕伊-维达尔(François Ruy-Vidal)在1973年曾发表过这样一种审美宣言:"没有专属于孩子的颜色,只

艾迪·罗格朗
《幸福的经历》
© Circonflexe, 2000
(原版出版于1919年)

克劳德·鲁瓦,
阿兰·勒福尔
《这太夸张了!》
© Delpire, 1964

有颜色。"他们的风格果断地超越了一切禁忌,对传统温吞的程式化儿童文学造成了冲击。他们希望采用广告中吸引大众眼球的原则来选择如何创作图画书,并认为,孩子们可以在他们的图画书中找到所有情感的共鸣。这当然不符合当时成年人的审美品味。出版于1963年,由克劳德·鲁瓦(Claude Roy)创作文字、阿兰·勒福尔(Alain Le Foll)绘制插图的《这太夸张了!》(*C'est le Bouquet!*)是儿童图书出版史上的一项创新:黑白页面和令人晕眩的彩色页面交替出现,在这个过程中,大量颜色爆炸式地呈现出来——既显示了魔法花的生长,又暗示了作者对人口大规模增长的抵抗。这本书的意义暗含于书名的文字游戏中(书名有"花束"的意思),实际上谈论了颜色的内涵(玫瑰反抗的力量)及其外延的价值(花朵"生物学上的"颜色)。

颜色就像是图书销售的一个附加值,除了吸引小读者及父母的目光之外,也成了创作者的一种审美表达。

颜色还是画?

很长一段时间里,中国墨和水彩的结合在童书插画领域占据着主流地位,这让我们想起沿袭传统的图画书总是要先画好线条,然后才考虑颜色。这种黑色轮廓的画法肯定是有很多优点的,至少有两点值得说明:一是19世纪被大众所接受的说法,这种画法使图画清晰可见;二是,这其中可能隐含了一种对童稚画法的致敬,因为童稚画法就是先画出轮廓再上色。在当代艺术作品中,这种画法也得到了重新运用,如在意大利画家瓦莱里奥·阿达莱(Valerio Adami)的作品及法国创作者葛黑瓜尔·索罗塔贺夫(Grégoire Solotareff)的图画书《狼狼》中都有体现。索罗塔贺夫在象征性地使用三原色的同时,于单色背景下使用黑色的粗线条来建构出空间分格。

然而,这种画法在大部分当代图画书中已经逐渐消失。当代图画书更多以颜色为基础进行架构,比如在安妮·布鲁亚尔(Anne Brouillard)的图画书里,颜色就是最重要的。她在2012年出版的给较为低幼孩子的图画书《小狗》(*Petit Chien*)中,展现了一系列红白图形。这本图画书像是一首有节奏的韵律诗,书里每一页都与前一页相连。一只小狗引导读者在这个主要由红色和白色组成的彩色世界里冒险:一个表面点缀着白色点点的红色球,变成了长在地里的蘑菇;而在这片土地里,白色的斑点又变成了雪花,红色变成了爱心,再变成花朵。我们看到,颜色可以成为叙事的原动力,有时候甚至可以成为主题,就像在《天蓝,海也蓝》(*空が青いと海も青い*)一书中,驹形克己(Katsumi Komagata)教会了小读者们有关颜色的基本原理。

20世纪是一个抽象艺术的时代,从

瓦西里·康定斯基（Wassily Kandinsky）开始，颜色本身成为艺术家们的表现对象，这在伊夫·克莱因（Yves Klein）的单色画以及马克·罗斯科（Mark Rothko）的油画中皆有体现。20世纪30年代，儿童图画书中开始融入抽象派的艺术风格，如受俄罗斯构成主义艺术影响的插画家娜塔莉·帕兰（Nathalie Parain）的图画，以及融入剪纸拼贴或者颜色鲜艳的几何图形的艺术作品。图画书多样的创作形式将纯色所焕发的活力尽情展现，李欧·李奥尼（Leo Lionni）的《小蓝和小黄》就是一本深受抽象艺术影响的图画书，在当时具有标志性的意义。在这本图画书中，人物形象是通过不同形状的色块来展现的。而在瑞士画家、作者瓦尔加·拉瓦特（Warja Lavater）的抽象派作品中，人物形象是通过不同的颜色来区分的。

事实上，图画已经超越了表现现实的义务，颜色常被用来进行情感表达，或者用来表达象征意义。如在法国创作者娜佳（Nadja）的图画书《蓝狗》中，蓝色在创作者的创意维度里无所不在，这种浓烈的色彩运用使读者接受了人物

娜佳
《蓝狗》
东方娃娃 / 南京师范大学出版社

的虚构性。而正是因为对于非真实性颜色的运用，《蓝狗》这本图画书才能引导读者进入一个处于现实边缘的梦幻世界。

颜色的创新使用

据纽约图钉工作室的观点，以黑白为背景色可以使彩色更加凸显。黑色的背景可以衬托明艳的颜色，比如汤米·温格尔（Tomi Ungerer）的《三个强盗》中的一些页面以及凯蒂·克劳泽（Kitty Crowther）的图画书都有体现。凯蒂·克劳泽曾明确地表达，她喜欢黑色，因为黑色可以衬托其他颜色。当代图像设计师更喜欢以白色作为

若埃尔·若利韦，
让-吕克·弗罗蒙塔尔
《城市的一天》
湖南少年儿童出版社

安·艾珀
《小不点》
奇想国童书／海豚出版社

背景进行显像，因为页面上的白色可以最大限度地增强画面的亮度，我们也可以在安·艾珀（Anne Herbauts）的图画书中发现这一点。有些插画家更偏爱在黑白画面上装饰彩色斑点，如法国创作者若埃尔·若利韦（Joëlle Jolivet）的作品在这方面就有非常卓越的呈现：她采用亚麻油毡版画的工艺，在黑白色的基础上加一种或两种其他颜色（通常是互补色），使整个以黑白色为基调的故事一下子生动起来，并为阅读赋予了节奏感。在她和让-吕克·弗罗蒙塔尔（Jean-Luc Fromental）合作的趣味认知书《城市的一天》中，颜色既可以引导孩子的视线，又可以让他们提前了解快递车的行进路线，并帮助孩子猜测所有商品会被送到哪里，揭开所有谜底。

颜色领域的大变革在艺术家伊安娜·安德雷迪斯（Ianna Andréadis）的《颜色小书》（Le Petit Livre des Couleurs）中被具体而直观地呈现出来。这本书用布料制成，给读者提供了独特的触摸感，由于材料的柔软性，我们还可以将前后页面进行折叠，然后对照阅读。

艺术家路易斯-玛丽·库蒙（Louise-Marie Cumont）的图画书《四色房子》（La Maison, Variation en Quatre Couleurs）设计了两版形式，一种同样用布料制成书，另一种为手风琴折的装帧形式，这两版都展现了一个"乐高"式房子可能呈现出的所有色彩组合。

当代图画书创作融入了多种不同的风格趋向，比如间色的使用。"间色"是法国历史学家米歇尔·帕斯图罗（Michel Pastoureau）提出的术语。帕斯图罗以此称呼那些以自然状态存在的颜色，如水果和花朵的颜色。另外还有从鲜亮的色彩到趋于透明的颜色，或是到厚重、晦暗的颜色的使用。颜色之间的对照和颜色本身都表现出探索多

若埃尔·若利韦，
让-吕克·弗罗蒙塔尔
《城市的一天》
湖南少年儿童出版社

路易斯·玛丽·库蒙
《四色房子》
（布书，限量发行）
© Les Trois Ourses, 2000

色叠加的倾向。所以，我们看到许多图画书被赋予了明艳灵动的颜色，例如荧光粉、深绿色、亮蓝色等，在所有这些颜色面前，语言的叙述似乎显得苍白无力；而与此相反，图画书中也会展现水粉画中深沉晦暗的颜色，甚至是一些可能看起来有点儿"脏"的颜色。

一些创作者敢于为童书加入新的颜色，比如墨黑色和栗棕色，这些颜色既不柔和，也不明艳。这种对于颜色选择的大胆创新为图画书赋予了不同的意义和创意。比如，莫里斯·桑达克在《野兽国》一书中，运用线条和色彩揭示了童年的灰暗面，受德国浪漫主义油画启发的《在那遥远的地方》，画面中散发着晦暗的光；法国创作者奥利维耶·杜祖（Olivier Douzou）在他最初创作的几本图画书中，运用赭石颜料调配出晦暗的灰色或米色的色调；让-弗朗索瓦·马丁（Jean-François Martin）给《伊索寓言》绘制的插图和他在《象博士的人文课》中的插图，都运用了较为暗沉的颜色。

各种不同颜色的创新运用，展现了插画家的大胆创意以及他们技艺的丰富性。同时，古老技术的重新发现也让颜色的创新有了更多可能，如丝网印刷以及木刻版画的重新应用，还有来自漫画领域的直涂技法（直接在墨稿上着色）。直涂技法的产生与现代电分技术有一定关系。在此之前，彩色漫画书的着色方式一般在印刷阶段进行，每种颜色需要有相应的单独色版；而电分技术可以让艺术家在原稿绘制阶段直接着色，通过电脑分色技术对色稿进行分色，然后制版印刷。这种技术在图画书领域被赋予了新的地位，让创作者在创作技巧和材料的使用上有了更多的选择，如油画、喷枪、拼贴、彩铅等。

法国图画书创作者雅尼克·可艾（Janik Coat）喜欢把方格纸扫描在电脑上进行绘画，然后用Illustrator图形处理软件中的调色板进行上色。在她的无字图画书《惊喜》中，她运用纯粹自然的颜色，使人物和物品从背景中脱颖而出，营造出一种或神秘或宁静的气氛。还有一些年轻插画师重新应用丝网印刷工艺，参照版画的方式叠加颜色，创造出怀旧而独特的效果。同样，木刻版画也为法国插画家卡特琳·施坦格尔（Katrin Strangl）和苏菲·迪泰特（Sophie Dutertre）提供了灵感，使她们在图画中增添了复古的花饰。所有这些多样的工艺和技巧，都让图画书出版在原有的基础上，呈现出全新的面貌，而这也正是童书出版所追求的目标。

图画书种类和风格的异彩纷呈正是在告诉我们：在童书的世界里，颜色的运用和人物的塑造是无法分割的，可能正如瓦尔特·本雅明所说："纯粹的颜色是想象力的媒介。"❖

雅尼克·可艾
《惊喜》
山东教育出版社

雅尼克·可艾
《惊喜》
山东教育出版社

柯薇塔：色彩的魔法

文／菲利普·莫尔罗
译／李学敏

说起捷克艺术家柯薇塔·巴可维斯卡（Kvĕta Pacovská），很多评论家都会提到保罗·克利（Paul Klee）和瓦西里·康定斯基。的确，柯薇塔的作品很接近这些艺术家的审美，不过她的作品并不是苍白的仿制品。值得注意的是，柯薇塔首先是一位造型艺术家，她在童书中找到了展示自己的舞台和表达她个人艺术态度的一方天地。她的作品充分运用了空间、形状以及颜色之间的搭配。

柯薇塔·巴可维斯卡
《无限》（A l'infini）
© Éditions du Panama, 2007

颜色游戏

柯薇塔的《颜色的故事》是一本颜色游戏书，正如她的其他作品一样，这本书除了展现丰富的颜色之外，也展示了一些词汇和颜色的名称。这一点并非无关紧要。雷内·玛格利特（René Magritte）在《词语与形象》（Les Mots et les Images）一书中就指出，文字和其代表的意义之间总是存在着模糊的部分，玛格利特在书中正是以这一现象为基础展开讨论的。柯薇塔的《红角兽》（Corne Rouge）的主题也是颜色。作者的创作进程在一幅幅色彩缤纷的画面中被渐次呈现，讲述了一个涂鸦男孩用颜色游戏创造出各不相同的犀牛的故事。柯薇塔的很多图画书都是围绕颜色世界展开的，其作品的独特之处就在于，她将造型艺术发挥到了极致，而其中，颜色是不可或缺的组成元素。

柯薇塔·巴可维斯卡
《邀请》（L'Invitation）
© Les Grandes Personnes, 2012

偏爱红色

柯薇塔的图画书会大面积使用红色，很多对她的作品的评论都着重提到了这一特点。有些人甚至把她的风格归结为"善用红色"，他们亲切地称柯薇塔为"红书夫人"，或者就像德国作家巴巴拉·沙里奥（Barbara Scharioth）所写的那样："红色覆盖了柯薇塔所有的作品。"可是，当我们大量浏览这位捷克艺术家所创作的书时就会了解到，事实上有三种颜色会经常在她的作品中出现：红色、黑色、白色。柯薇塔似乎没有办法在这三者之间做出取舍，她会运用这三种颜色来建构对比关系，需要特别提出的是：柯薇塔觉得黑色和白色也是彩色的一种。

最大限度的对比

保罗·克利、瓦西里·康定斯基等艺术家都特别针对颜色艺术概括了很多理论，写了不少著作。1961年，约翰内斯·伊顿总结了他对色彩理论的研究硕果，出版了《色彩艺术》一书。立足于伊顿所归纳的理论，我们会发现，他的研究是建立在七种色彩对比——色相对比、明暗对比、冷暖对比、补色对比、同时对比、色度对比、面积对比的基础上的。不过，对比的概念在此被定义为两种极端事物的对立，比如冷与热的对立或互补色之间的对立。在柯薇塔的书中，最强烈的对比就是建立在红色、黑色、白色这三种颜色之上的，而正是这一点，让我们了解了柯薇塔造型艺术的独辟蹊径和与众不同。在西方文化中，人们习惯在事物和现象之间建立一种

[聚 焦]

辩证关系，在这之中也包括颜色的使用。但柯薇塔没有遵循这一原则，而是在造型艺术方面进行了大胆创新。在柯薇塔的作品中，很难说这三种颜色哪个更重要，就算有时红色占据了整个页面中最重要的位置，红色也总是与黑色或白色搭配出现的。正是在不同颜色的多与少、主与次的关联之中，艺术家内心独特的世界被慢慢建立起来。

红色、黑色和白色

红色、黑色和白色之间的对比是最强烈的，但我们知道黄色和黑色也可以作为强烈的对比色，可黄色和白色放在一起，效果就完全不一样了。但我们将黑红搭配、红白搭配或黑白搭配，任意一种搭配都可以使颜色本身的特点凸显出来，从而形成鲜明的对比，这一点正是柯薇塔的作品所要着重表现的。因此，我们可以认为，在柯薇塔的作品中，其他颜色是用来装饰、衬托或者升华这三种颜色的。

为了更好地理解柯薇塔的造型艺术语言，我们应该着眼于她使用颜色的精准度，这依赖于艺术家的精思巧构。她通常会将背景处理成看似均匀的色调，但如果我们仔细观察，便能发现画面中有一些类似雕刻的肌理效果。柯薇塔在创作中常常会选取一种基础色作为主色调，然后灵活地运用各种绚烂的色彩来进行创作。白色在传统画作中通常被认为是一种背景色，在柯薇塔的作品中则被看作是和红色、黑色同等重要的颜色，有时还会再配以雕饰、拼贴、剪裁等工艺。柯薇塔不想把白色作为其他颜色的背景色，所以她的创作就在白底红图和红底白图之间轮换。黑色是夜晚、未知或是色彩缺失的象征，然而在亮色的衬托下，黑色也变得很显眼。柯薇塔采用了部分清漆工艺，巧妙地利用哑光和亮光之间的对比，如此一来，即使在黑底上，黑色图画也依然可以凸显出来。柯薇塔的图画书运用了各种丰富的色彩创作工艺，欣赏展现在我们面前的每一幅画面，就会发现这种哑光和亮光的对比也经常用在其他颜色上，并成为她的图画书中不可缺少的要素。

颜色在柯薇塔的作品中所代表的意义，并不仅仅局限于我们目之所及的物理范畴。她的作品首先是感性的，是温柔治愈或直抒胸臆的，是深沉或鲜艳的，是暗黑或明亮的，她的创作手法总是与三种最重要的颜色相结合，那便是：红色、黑色和白色。❖

格林兄弟，
柯薇塔·巴可维斯卡
《小红帽》
中信出版集团

纸上的色彩
——印刷技术与颜色创新揭秘

文／安妮-洛尔·科涅
译／张月

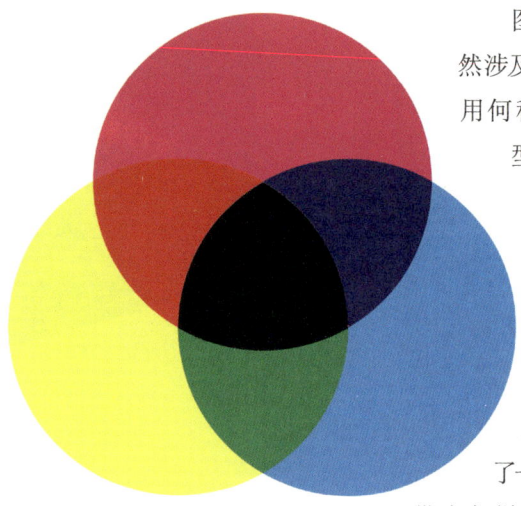

• CMYK 色谱（减色混合法）

• RGB 色谱（加色混合法）

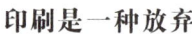

• 印刷网点：均匀色彩的四色印刷局部放大图

伊丽莎白·伊万诺夫斯基
《小孩没烦恼·贪玩的小花》
启发文化／河北教育出版社

图书印刷中色彩的呈现必然涉及一系列技术性的选择：采用何种印刷方式？选取哪种类型的纸张？照相制版过程中如何处理色度？这一系列选择调动了制作一本书的所有参与方，从插画师、出版社、美术设计师到制版工，再到印刷工人。当然，色彩也反映了一种主观选择：给观赏者带来怎样的感受？如何用语言去描述？想要呈现何种效果？并由此在一本书的创作阶段和制作过程中建立了一种色彩阐释。

印刷是一种放弃

让我们从图像链条的最后一环说起。目前，儿童出版物主要的印刷色彩设置有两种方式：四色印刷，最常用且成本最低；专色印刷，较少使用，主要用于印刷特殊的图画书和艺术图书。

四色印刷的效果基于错视原理。将一本图画书页面的一隅成倍放大后，我们会发现，印刷图像是由一个个小点组成的。小点的颜色是三原色（青色、品红和黄色）及黑色，它们构成网状结构，密密麻麻地分布在纸上。相隔较远时，肉眼很难清晰地辨识出来，但这样的密度足以让眼睛重构出最终想要呈现的色彩。四色印刷就是将青色、品红、黄色和黑色印于纸面的过程，最终为我们呈现出一幅彩色图像。但是，这种印刷色彩设置方式所呈现的色彩

[话 题]

会因为对其中一种或两种颜色的墨量调整、网状结构以及印刷机上墨顺序的不同而发生变化。

专色印刷能很好地避免这种情况的发生。专色印刷是直接用"纯色"替代四色，"纯色"又被称为"潘通（Pantone）色"，这个名字取自"潘通色卡"，是目前国际上使用最广泛的色卡。在这种印刷色彩设置下，紫色不再是青色和品红在纸上的叠加，而是直接使用按要求制成的紫色油墨印刷出来的颜色。也就是说，如果一幅作品是由24种颜色构成，那就需要24个不同颜色的油墨盒来印刷……就像伊丽莎白·伊万诺夫斯基（Élisabeth Ivanovsky）的《小孩没烦恼》系列，就用到了4至5种专色，这样的纯色印刷会让画面细节更加生动，人物形象跃然纸上。

专色印刷的书如需要重印，依然需要采用专色印刷，否则颜色会有很大的差别。像娜塔莉·帕兰、布莱克斯·博莱克斯（Blexbolex）等偏爱均匀色彩的当代艺术家的作品，都会采用专色印刷。

从四色印刷到专色印刷，关于如何完善印刷色彩设置，从而更好地呈现色彩的讨论从未停止过。例如，可以在四色印刷的基础上增加一种潘通色，用来突出强调某种颜色，或是印出四色印刷无法达到的某种颜色（如金

属色、金色、荧光色等）。再如，我们甚至可以采用六色印刷——CMYK（四色印刷）加上绿色和橙色这两种专色，只是这种方式成本较高。因此，一些出版社想出了更好的点子，如一些法国出版社为了在某些作品上印出"清爽"的色彩，将四色印刷中的其中一种或两种颜色替换成德国色彩系统中的颜色：青色（Cyan）变成工艺蓝（Process Blue），品红（Magenta）换成玫瑰红（Red Rhodamine）。这个方法只有清洗油墨槽的成本，并且具有双重优势：一是让色彩更加鲜亮，如塞西尔·布瓦耶（Cécile Boyer）的《猜盒子》；二是可以呈现出橙色、松石绿和水绿色，如由阿塔克（Atak）绘图的马克·吐温（Mark Twain）的名著——《神秘的陌生人》。

印刷技术的发展带来了很多变化和惊喜，同时也展现了一本书诞生过程中的限制性因素。一本书的诞生过程很像是在学习如何放弃，比如因技术而放弃，因为人眼可识别的色谱范围是CMYK色彩系统无法比拟的；再比如因为钱而放弃，很少有出版社能够负担得起过于高昂的印制成本。"渐渐地，在尽量不背叛插画原作的基础上，出版社不得不做出一些放弃，因为原作的色彩不可能被完全还原。"法国阿尔班·米歇尔出版社（Albin Michel）色彩制作负责人阿利克斯·维亚尔特（Alix Willaert）曾这样说。

确实，放弃是最难完成的一件事情，因为我们都更喜欢追求完美。

追求完美

印刷技术的改进是这一追求的最大王牌。

首先，在印刷前的流程中，制版是非常重要的一环。制版工充当了中间人

布莱克斯·博莱克斯
《我们的假期》
奇想国童书/海豚出版社

的角色，他将画家的原作分成四色复制到四张印版上，并确保四个印版套印的准确性，然后将四个印版放置在机器上。由此可见，制版工在印刷前肩负着重任。"这是一份匠心工作，是常常被画家和印刷厂所忽视的中间人。"有些印刷厂还会有修版工人，他必须极其细致地识别原画的色彩，并在文件中将其还原，如果对颜色存有疑问，则交由出版社和画家来决定。法国画家弗朗索瓦·罗卡（François Roca）的油画作品要想通过印刷达到预期的效果，就必须依靠十分细致的色度校对工作，因为作品中笔触的立体感在扫描后会呈现出黑色或蓝色的阴影，这些阴影是必须处理干净的，这样印刷后的画面才不会模糊不清。图像处理软件Photoshop不断提高的精确度，加上修版工人敏锐的眼睛，不仅可以使图像尽可能地接近原画，还可以模拟不同纸张呈现出来的各种效果。

其次，从印刷人员的角度出发，下面这些变化也同样重要。一是ISO标准的建立使所有人的

塞西尔·布瓦耶
《猜盒子》
读小库/新星出版社

卡门·奇卡，
曼努埃尔·马索尔
《巨人的时间》
奇想国童书 / 浙江少年儿童出版社

伊莎贝尔·米尼奥斯·马汀斯，
玛德莲娜·玛多索
《咦，里面有什么？》
中国青年出版社

标准达成统一，即油墨和机器标准化。因此，无论是在德国还是在西班牙，印刷出来的色彩应该是相同的。二是油墨的速干效果越来越好。2013年，日本研发的一台机器支持流水线上速干，即在印刷过程中油墨就可以速干。这项技术让纸张不再有"吸墨"的时间，如此一来，颜色便不会因"褪色"而失去光泽。如今，越来越多的创作者开始不断尝试新技术，或去发现古老技术的更多可能性，以期让作品更趋于完美。

从某种程度上说，我们应该感谢法国梅莫出版社（MeMo）打破了自20世纪70年代起在童书领域所形成的制作标准，这种新标准原本只是更多地使用在艺术书籍的印刷与制作上，但由此带来的新的选择与改变很快在一些高品质的出版机构中传播开来。童书，也因此被赋予了更多的关注与可能性。而选纸和用纸，是引发这场"变革"的一个根本原因，这首先体现在膨化纸的使用。膨化纸通常被用来印刷小说，厚度非常接近画纸，大部分印刷人员都认为，在膨化纸上印刷色彩是一个很大的挑战，因为相较于铜版纸，膨化纸更容易"隐藏色彩"。但梅莫出版社首选了一种既传统又独特的方式来处理画面中的颜色，这种方式不仅使画面在印刷后更具质感与生命力，还很好地保留了色彩的饱和度与清晰度。这也是为什么后来照相制版成了梅莫出版社内部俗成的首选制书方式。除此之外，梅莫出版社还拥有一套十分全面的三色印刷色卡（红、黄、蓝）及还原度对照表。这套色卡是在他们专属的特选纸上进行试印后制作而成的。有了这套色卡，他们之后一切的印刷与制作就都有了可以参照的标准。如此细致的流程毫无疑问又是一件无法计算时间成本的匠心之作。

想要做好这项工作，首先需要很细致地将原作中使用的颜色与色卡中的颜色进行比对，然后再将色卡中还未包含的颜色制作出来，并加入电子版的色卡中。四色印刷其实与彩绘玻璃窗的制作非常相似，即根据需要从图像中分解出尽可能多的独立颜色。事实上，重新配制出一种颜色会比翻印颜色更加忠实于原作的色彩。很多创作者将毕生精力奉献给了色彩研究，法国创作者安娜·贝尔蒂（Anne Bertier）就是其中最具代表性的艺术家之一。

沐浴在色彩中

我们徜徉在颜色的世界里，而这些颜色也影响着我们的阅读方式。"颜色是一种非常丰富的语言，在我看来，它们还十分生动。我一向将颜色看作图画书创作中最基本的情感表达要素，而不是简单的美学或是绘图素材。当然，相较于在整幅画作上都涂满颜色，不管是浓墨重彩还是轻描淡写，留白是一个十分重要的技巧。"阿尔班·米歇尔出版社的贝亚特丽斯·樊尚（Béatrice Vincent）这样说。她说自己曾在一些画家和色彩师那里学到了很多东西，比如斯特凡纳·布朗凯（Stéphane Blanquet）选择用激进颜色为路易斯·米歇尔（Louise Michel）的《老切切特》（*La Vieille Chéchette*）绘制插图，即蓝绿色和橙色这两种潘通色再加上黑色，极大地增加了故事的戏剧张力。与此同时，出版界也开始盛行怀旧风。"我们在今天的很多作品中看到了盛行于20世纪50至80年代的色彩风格，许多创作者从中找到了灵感。"贝亚特丽斯·樊尚回忆道，"这些潘通色模拟了当时的颜色和印刷技术（类似于丝网印刷），为画面营造出轻快活泼的

氛围。长久以来，色点已经淡出了人们的视野，今天却在计算机软件的帮助下再次出现，增添了怀旧氛围。"

也许，从学习到领悟的这个过程才是最重要的。葡萄牙作者兼编辑伊莎贝尔·米尼奥斯·马汀斯（Isabel Minhós Martins）认为我们的目光是处在缓慢变化中的，正是这种变化让我们在熟悉一种颜色之前，会先将其与一些并不相关的东西联系在一起。就像保罗·塞尚这样伟大的艺术家能够改变他与颜色的关系一样，在印刷的世界，类似阿塔克这样的艺术家或一些先锋出版社，每一次创作或者每一部作品的出版都是在开辟一个新的天地。"当画面中的基本色被放在一边，就代表人物出场了，如蓝色或绿色。许多孩子都觉得这很奇怪，并且把这种疑惑说了出来。但事实上，有时候这种奇怪的感觉是因为我们的视觉能力有限，或是过分习惯于遵循现实中的标准。挑战既定观念对于开阔视野而言是非常有利的。孩子们看过我们的书之后，可以通过自主选择或舍弃调色板上既定的颜色，来更好地应对绘画中的挑战。"由此，我们终于明白了葡萄牙橘子星球出版社（Planeta Tangerina）出版的图画书和颜色之间有着何等程度的关联，就像葡萄牙插画家贝尔纳多·卡瓦略（Bernardo Carvalho）和玛德莲娜·玛多索（Madalena Matoso）的作品一样，它们会为每个普通的颜色创造独一无二的属性，这是独属于插画家自己的天地。❖

贝尔纳多·卡瓦略
《沙滩上的一天》（*Un dia na Praia*）
© Planeta Tangerina, 2008

路易斯·米歇尔，
斯特凡纳·布朗凯
《老切切特》
© Albin Michel jeunesse, 2008

朱成梁的颜色"触感"

文／苏菲·范德林登
译／张月

图画书最终得以在儿童出版领域蓬勃发展，是在近代创作技巧与印刷技术的双重发展与推动下实现的。而颜色又使图画书这种儿童文学形式变得更加大胆，图画书由此被赋予了极大的吸引力。图画作为图画书最不可或缺的核心部分，让颜色这种元素有了更多表达与施展的空间。与此同时，图画书的创作也变得越来越富有创意和与众不同。仅凭这一点，就足以解释我们为什么要围绕这个单一主题来研究和探讨图画书的历史了。除此之外，我们还能从当代插画艺术家们对颜色独特而富有创意的使用上，看出这一元素在当代艺术中的无限可能与延展性。

法国青少年文学评论家玛丽安娜·贝里西在本书的另一篇文章里说明了图画书中的颜色在何种程度上受到印刷的限制，以及颜色的创新又在何种程度上标志着现代图画书的发展。

西顿，朱成梁
《火焰》
蒲蒲兰绘本馆／二十一世纪出版社

然而长久以来，颜色都被认为是图画中的次要元素，用墨水或水彩绘制的彩色插图在绝大多数情况下都应服从于线条，而且在任何情况下都不应越过线条或覆盖线条。即使在今天，插画家有时也不会自己上色，这也说明在很多时候，颜色与插画家的工作是割裂开来的，处于次要位置。

20世纪90年代的法国插画家狠狠地打破了颜色处于从属地位的观念，野兽派创始人马蒂斯（Matisse）曾断言："相比图画，颜色很可能更具解放性。"在汤米·温格尔的《三个强盗》的影响下，葛黑瓜尔·索罗塔贺夫于1989年创作了《狼狼》，由此开辟了一条新的道路，赋予了颜色高于线条的价值。他专注于颜色浓度的变化，偏爱使用原色，并让画面呈现出独特的质感。他的创作风格吸引了大批年轻插画家，由此逐渐形成一种流派，国际上称之为"法国流派"。法国插画家乔治·哈朗斯勒本（Georg Hallensleben）就是其中之一。他创作了很多深受小读者喜爱的图画书，其特点在于让孩子感受到绘画的"触感"：笔触明显，颜色

有细微变化，纹理游移于粗糙与细腻之间……

2019年5月，朱成梁在巴黎接受我的采访时谈到，乔治·哈朗斯勒本的作品给他留下了极为深刻的印象，正是这些作品影响了他对自己的色彩世界的构想，其中最要感谢的就是《卡斯波和丽莎》系列中的一册。

从某种意义上说，朱成梁也在国际图画书发展的历史长卷上涂抹了属于自己的一笔，而这段历史越来越趋向全球化。

出生于上海的朱成梁毕业于南京艺术学院，在聚焦颜色问题之前，他的作品最主要的特征就是这种绘画的"触感"。他笔下的图形不再被线条束缚，边界也不再平滑整齐，画面中显现出画笔的痕迹和不规则性。而正是这种风格，使得他的图画随颜色的浓度而"振动"，呈现出色泽的深度和材料的物理性，给人以柔和及富有质感的印象。

这种呈现绘画笔势和材料质感的艺术方法，并没有和图书这种特殊的媒介相排斥。与参观展览不同，虽然读者阅读书中的图画时并不能感受到画面中的笔触，但是，这种艺术方法依然给读者提供了丰富的情感享受，超越了印刷技术所带来的平面感和清晰性。成为插画家之前的朱成梁一直从事出版行业，他清楚地知道印刷技术对艺术家所采用技法的局限性。朱成梁是插画家出身，所以他的初衷并不是像职业画家那样单纯地绘画，而是创作一本书。因此，对于图画书创作者来说，就算天赋异禀，满怀创作思路，也应该首先从出版的角度来看待问题。因为从印刷工艺的角度来看，尽管四色印刷是对原画色彩的重构，但无法完美地对

原画进行复制。

然而，朱成梁的图画最显著的特点就是其颜色的浓度和质感，以至于我们可以毫不夸张地说，他的图画书都闪烁着颜色的光芒。它们几乎是"活的颜色"，是他在图画书界所拥有的独特风格的标志。但印刷进程中的各个步骤是很难操控的，抽湿工序也因时间原因存在很多不稳定性。尽管朱成梁受过油画的训练，但他更倾向于使用水彩和丙烯颜料来创作，因为这两种颜料印刷出来的效果更好。

水彩和丙烯颜料的画法决定了朱成梁图画书的两大风格。与丙烯画不同的是，水彩画会搭配线条，尽管这些线条可能很纤细，就像图画书《火焰》一样。这种画法能够让尽可能多的细节被很好地呈现出来，尤其是在描绘物体或动物的时候。通过这种画法所创作的图画书更具现实感，因此，背景装饰在其中显得尤为重要。同时，水彩在表现力上也备受青睐，特别是画大面积着色的风景时，如深蓝灰色的夜空。尽管水彩带有一定的透明度，但朱成梁对色彩的层次把控得非常好。一般来说，水彩画法所呈现的颜色会较为暗淡，但在《火焰》中，小狐狸橘色的皮毛在暗色背景的衬托下显得尤

西顿，朱成梁
《火焰》
蒲蒲兰绘本馆／二十一世纪出版社

• 《团圆》法国版封面

郭振媛，朱成梁
《别让太阳掉下来》
中国和平出版社

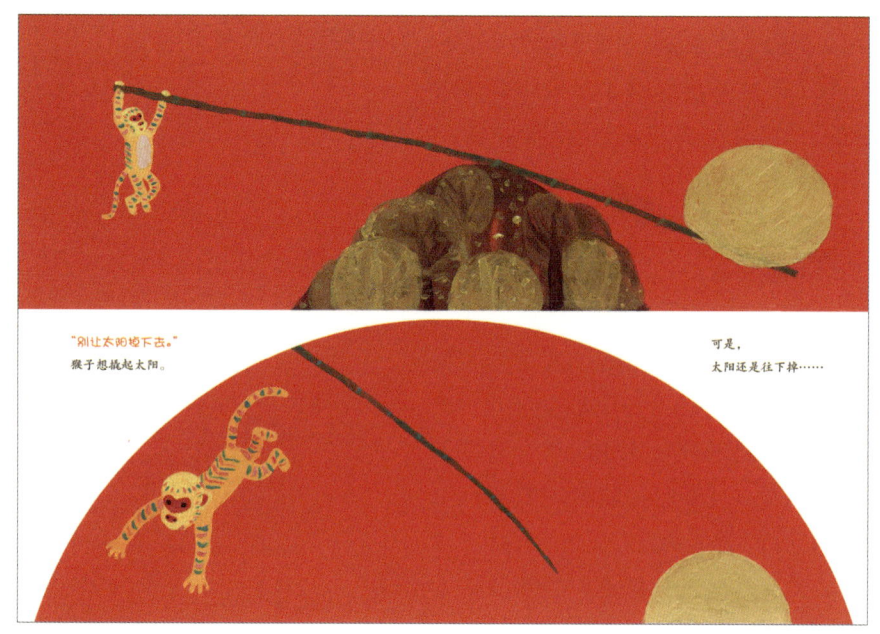

为明亮。

朱成梁用丙烯颜料绘制的图画书显然更偏向于传达情感，而非现实性，其目标受众主要为较低龄的儿童，比如《团圆》《别让太阳掉下来》和《打灯笼》。在这些图画书中，颜色运用通常体现在人物上，用灰色背景反衬人物，呈现出强烈的色彩差异。这种颜色的呈现方式从整体的架构来看，有一种非常巧妙的平衡。

在朱成梁所有的图画书中，无论是水彩画还是丙烯画，冷色和暖色并不是对立的，而是相互结合着，给图画带来强烈的动态感。书中占据主导地位的颜色通常是红色，朱砂红、深红、鲜红等颜色全都跃然纸上。显然，红色是中国文化的象征，但在西方绘画中，红色其实也很重要。然而，相较于其承载的文化意义，首先吸引朱成梁的是红色的可塑性。在《团圆》和《打灯笼》中，红色无处不在，以至于《团圆》被法国出版社引进时，出版社选择用红色作为封面的背景色；《打灯笼》一书中，人物的衣服是红色的，灯笼也是红色的，就连图画书中小小的装饰图案都少不了红色的点缀。

毫无疑问，《别让太阳掉下来》是朱成梁最具代表性的作品。就像许多中国艺术品一样，书中图画的背景采用的是红色和金色的搭配。首先，这两种颜色和作品本身想要呈现的开心幸福的美学效果相关联；其次，这两种颜色既代表了白天，也代表了活力，并与代表黑夜的深色，如灰色和黑色，形成鲜明的对比。但书中有很多几乎是全红色的页面，在表达其象征意义——代表白天和生命的同时，也更多地表现了红色本身，因为白天与黑夜之间、生命与死亡之间，其实就是一场明亮与阴暗、激烈与沉寂的颜色的较量。红色跃动在朱成梁的画作之中，是他作品中跳动的心脏。

插画家的"调色板"也偏爱不同颜色的结合产生的巨大反差。在《别让太阳掉下来》中，动物角色被设置在令人印象深刻的红色和金色的背景上，它们黑色、棕色或黄色的皮毛被点缀上各种鲜艳的颜色。这些角色的外形十分简单圆润，清楚地表明这本书是面向低龄儿童的。另外，多色也是面向低龄儿童的图书特点之一。书中的

动物并没有以现实中的原型来塑造，而是借鉴了各式各样的民间玩具的形象特点；而红色和金色搭配的故事场景则是在向中国传统漆器致敬，同时，这二者也都是在向经久不衰的中国民间艺术致敬。另外，鲜艳的颜色反映的是小读者和他们的成长环境，孩子喜欢颜色鲜艳的东西，喜欢玩具、小点心等。所以我们看到，在《打灯笼》一书中，所有的孩子都穿着花花绿绿的衣服，手提五颜六色的灯笼。

朱成梁通常会根据读者和自己想要传达的情感或自己对事物的印象来选择绘画方式和笔法，通过颜色变化和所用颜料的纹理效果来呈现一切。

捷克画家柯薇塔·巴可维斯卡被称为"色彩的魔法师"，她笔下的红色总是浓厚而有力量的，这也是她画风的重要标志，有些孩子甚至把柯薇塔的书叫作"红夫人的书"。柯薇塔总是告诉人们，书是"孩子参观的第一座博物馆"。颜色以决定性的方式构建了一方自由之地，在这里，每个人都可以构建自己的文化和情感世界，汲取各式各样的源泉来打造自己的创造性和想象力。因此，毋庸置疑，在儿童图画书这个颜色文学领域，身怀高超绘画技艺的朱成梁是当之无愧的世界级艺术家之一。❖

王亚鸽，朱成梁
《打灯笼》
蒲蒲兰绘本馆／新世纪出版社

这是最后一晚打灯笼了。太阳刚落下去，招娣就点亮灯笼出了门。

一盏盏红灯笼，一阵阵笑语声，晃晃漾漾地浮在暮色苍茫的村巷。空气中闻得到撒炮留下的火药香。
"招娣！快过来，我们来玩转圈圈。"风儿喊道。

23

色彩：撬动图画书情感的隐形之手

文／保罗·欧·泽林斯基
译／程诺

我还是一名艺术系的大学生时，曾费尽心思地去理解老师们在思考和创作艺术作品时所运用的抽象概念。

有一天，绘画老师贝利先生把我们整个班带到街对面的耶鲁大学美术馆，在那里讲授色彩。我们站在韦恩·第伯（Wayne Thiebaud）的一幅蛋糕静物画前，被要求对它发表评论。我们赞扬了这幅画中夸张甜美的色彩，认为它华丽的颜色让图中的糕点看起来美味诱人。贝利先生一言不发，脸色却越来越阴沉。最后，他怒气冲冲地说："是的，这幅画的色彩很讨人喜欢，但那又怎么样呢？赏心悦目的色彩并不是艺术本身，色彩必须要有所作为。"他又带我们去观赏凡·高（Vincent Willem van Gogh）的名画《夜间咖啡馆》。站在画前，我们开始谈论弥漫在其中的神秘气息，台球桌的不祥之感，画中那个房间像是一个让人紧张的所在，等等。贝利先生怒不可遏，他终于爆发了。他说，我们都错了，我们只是在谈论某个虚幻房间带给人的感觉，与这幅画毫不相关。这幅作品之所以能成为如此伟大的艺术品，是因为色彩真正在最高层次发挥了作用。看那红色，画家让它与绿色和赭色之间产生了多么紧密的联系！红色和绿色的笔触交汇，在悬挂着的吊灯周围制造出了振动感，产生了视觉上的震颤。无所不在的暖绿色，以及另一种偏蓝的绿色，在画面上的特定区域汇集出微小的光点，这一切构造了一种慑人心魂的视觉效果。凡·高知道如何调度每一种颜色，并使之与其他色彩之间达到恰当的动态平衡，以创造出画作中的空间与光线的光影错觉和光的震颤，让画作本身释放出光彩。这是一场空间戏剧，一种单纯由形式所构成的动态平衡，包括色彩、形状、动态方向、平面质感、笔触或诸如此类的东西。

我的绘画老师们都执着于一种观念，即题材并不是艺术的主体，且会干扰艺术的表达。不管是蛋糕的美味，还是咖啡馆里的氛围，无论一幅画所描绘的是什么，都应该被贬斥为是纯粹的"插画"，不仅无关紧要，而且毫无价值。我试图接受他们的教诲，但看看我现在的身份是什么——一名插画家！形式本身可能不足以引起我的兴趣，但我学到的那些有关视觉艺术形式的教诲真实存在：它是所有图画中不可或缺的基本要素，即使是在最看重故事性的儿童图画书中。一个5岁的孩子可能不会像我那样去认知并赞赏画作所搭建出的优雅空间，但他至少会带着不亚于我的热情和专注力来体验那个空间。

接下来，我想带大家一起欣赏和分析几本图画书，有些是经典作品，有些是我自己的作品，借以思考书中的色彩如何通过至关重要或趣味盎然的方式，来提升甚至创造图画书的阅读体验。有时，色彩扮演着形式化的抽象角色，比如凡·高对各种红色的选择；有时，它也构成了画作的全部内涵和意境，就像凡·高画作中摆着台球桌的诡异咖啡馆所呈现的那样。

玛格丽特·怀兹·布朗，
爱丽丝·普罗文森，马丁·普罗文森
《小猫咪的彩色世界》
© Little Golden Books, 1949

[话　题]

我们不妨从《小猫咪的彩色世界》(*The Color Kittens*)开始，因为它的主题就是色彩。这本书由爱丽丝·普罗文森(Alice Provensen)和马丁·普罗文森(Martin Provensen)绘制插图，玛格丽特·怀兹·布朗创作故事，书中的主人公是两只穿着粉刷匠工作服、充满活力的小猫咪。它们在调制绿色油漆时不断地失败，这样失败的尝试恰好可以传授有关色彩混合的知识。童年的我被这本书迷住了，毛茸茸的小猫咪娇小可爱，那不时打破韵脚的古怪文本也很有吸引力。但最令我印象深刻的，还是书中的插图带给我的强烈的色彩体验。布朗一开始就描述了小猫咪想要的绿色："猫眼儿绿，小草儿绿，清凉凉的溪水，绿又绿！"与之相配的插图是小猫在一艘小船上垂钓，下面是绿汪汪的河水，河岸边有青草和房子。除了小猫之外，画面中的景物都是绿色调的，这幕单色的场景却不给人以单调感。普罗文森夫妇是技艺纯熟的色彩艺术家，他们知道如何延展或调整色调、饱和度及明度，使它们不至于混合在一起时看起来杂乱。他们选择在一些绿色中加入更多的蓝色，在其他绿色中加入更多的黄色，以创造出一种令人舒适的视觉效果。因此，儿时的我能够强烈地感受到那片玻璃绿世界的神秘感，可以品尝到那种沁人心脾的清凉。

两只小猫咪将红色和蓝色混合在一个桶里，并没有调出绿色，而是调出了紫色："紫罗兰，真好看。紫李子，甜又酸。太阳公公要下山，紫色的影子在眼前。"在这一段情节里，左边的页面上有一张摆着紫色水果和鲜花的桌子，而它的对页，整整一半的页面都被一个巨大的紫色阴影所占据。当看到这块阴影的顶端，才辨认出这是一座油漆厂被夕阳拉长了的影子。我还记得当初看到那个影子时的感觉，那硕大无比、无边无际的紫色直到现在还能隐隐约约地唤起我的感受。如果从现在的成人视角来看的话，那个阴影也许要显得更加朦胧一些，营造的氛围也更加戏剧化。显然，孩子的双眼对事物的感知程度可能比他长大后更加强烈。在后面的故事中，小猫咪们进入梦乡，"在那奇异的梦境里，一株红玫瑰等人来。只要轻轻数到三，雪白的花儿为你开！一……二……"在翻到下一页之前，读者看到的是一幅用温暖灿烂的色彩描绘出来的场景：嫩绿色的草地，赭红色玫瑰树上的叶子，含苞待放的鲜红色玫瑰花蕾。在树下，小猫咪睡在黄色的床上，各种各样的小动物陪伴着他们。这些色彩很美妙，但又不过于艳丽。然而，幼时的我每当翻到下一页，数出"……三"时，脑海中那种屏住呼吸的兴奋感，我几乎无法用语言来形容。下一页的画面很简单，在清凉的蓝灰色背景中，上一页的那棵树变成了白色，在蓝色背景的衬托下看起来格外醒目，

玛格丽特·怀兹·布朗，
爱丽丝·普罗文森，马丁·普罗文森
《小猫咪的彩色世界》
© Little Golden Books, 1949

米拉·金斯伯格，
荷西·阿鲁哥，亚莉安·杜威
《雨中的蘑菇》
© Turtleback Books, 1974

树上开满雪白的玫瑰花，花瓣间有着淡淡的灰绿色阴影。小猫咪和其他动物环绕在树下，敬畏地仰望着那优雅而迷人的光芒。直到今天，这一幕仍是我心目中图画书"翻页惊喜"的标准：完美的色彩变化，从白天到夜晚、从温暖到清冷的切换，令人凝神屏息的"一……二……"，以及最后获得释放的"三"。现在想想，正是这本书给儿时的我带来了强烈的色彩体验，这使我惊奇地发现，我对那种美的感受，既包括对凝固在书页上的美的把握，也更多地包括我自己想象中的美感延伸。艺术真的只存在于观者的脑海之中。

当我想到色彩对图画书的深远影响时，常常想起亚莉安·杜威（Ariane Dewey）为她当时的丈夫及工作搭档荷西·阿鲁哥（José Aruego）的线描画贡献的色彩技术。20世纪60年代末，阿鲁哥以《纽约客》等刊物的漫画家身份进入童书出版业。他的图书出版商告诉他，要用一种叫作"预分色"的复杂方式来为他轻盈的线条画添加颜色，杜威帮助了在这方面一筹莫展的阿鲁哥。

"预分色艺术"意味着要为每幅插画准备多达4张独立的原版无色图，每一张都用不同颜色的油墨在上面印刷。在计算机时代之前，这种印刷方式的成本要低很多——成本几乎永远是出版商极其关心的部分。预分色需要预先精心策划，包括制作出详细的色表。这对不习惯精细化思维的阿鲁哥来说实在是太难了，但他的艺术家妻子很有这方面的才能，其中最重要的才能之一就是极大的耐心。尽管经常需要对分色进行猜测，但在杜威手中，最终呈现出来的色彩总是非常美丽，她对色彩明度的完美把控，让画面的色调丰富，极具感染力，和谐而又令人耳目一新。阿鲁哥轻盈活泼的线条画，在杜威笔下华美色相和微妙色调的烘托下，于页面上翩翩起舞。遗憾的是（这在当时是常见情况），亚莉安·杜威早期在图画书创作中的艺术成就被忽视了，直到后来，她做出的重要贡献才被充分认可。

杜威和阿鲁哥共同创作了几十本图画书，其中我最喜欢的一本是由米拉·金斯伯格（Mirra Ginsburg）撰文的《雨中的蘑菇》（*Mushroom in the*

Rain)。这本书的前半部分是一连串有趣的、电影分镜动画般的块状图，图中的小动物们相继而来，都想要努力钻到一个不够大的蘑菇下避雨。全书的高潮部分展示了越来越多的蘑菇涌现的壮丽场景——它们像随波起伏的水母一样绽放在页面上。这本书里的色彩难能可贵地贯穿始终，堪称杜威预分色艺术的杰作。狐狸和蚂蚁被描绘成非常明亮纯净的橙色和红色，这是以其他印刷方法无法呈现出来的。层次丰富的棕色和褐色表明，通过巧妙地选择和并置，即使是平淡无奇的颜色也可以变得生机勃勃。

即便是在计算机时代之前，一些童书也会采用成本更高的照相分色法来制作，这使得画家只需为每页图画创作一幅成品，而不必费心去分析色彩组合。当然，出版商只有在对一本书的畅销前景有信心时才会这样做。符合这一标准的代表作品是艾兹拉·杰克·季兹（Ezra Jack Keats）的《下雪天》，这本书目前仍是纽约公共图书馆最高借阅量的图书纪录保持者。季兹对于色彩的运用完整地表达了故事的基本精神和内涵，在这方面，它可能是最具代表性的一本图画书。作者的"色彩和弦"以一种欢快甜美的风格而奏鸣，考虑到故事的背景设置在纽约街区的一条较为阴暗的街道上，这种色彩风格就更加引人注目。不过这本具有开创性的图画书的意义不仅仅在于它所呈现出的美丽，我将从色彩的视角来审视书中的一些内容。

《下雪天》出版于1962年，以作者的家乡纽约布鲁克林区为背景（当时的布鲁克林正遭受着经济衰退和街区凋敝的困扰）。在全书开头，小彼得望向卧室的窗外，发现夜里下了一场雪。卧室的墙纸以两种深浅不同的鲜红色组合出了20世纪60年代流行的几何图案。透过彼得的窗户，黄色和灰色排列出邻居屋顶的景观，在视觉上与他花睡衣的黄色和床褥的灰色

艾兹拉·杰克·季兹
《下雪天》
信谊 / 明天出版社

艾兹拉·杰克·季兹
《下雪天》
信谊 / 明天出版社

吃完早餐,他穿上雨衣,
跑到屋子外面。
路的两旁,雪堆得高高的,
只空出一条可以走的路。

艾兹拉·杰克·季兹
《下雪天》
信谊/明天出版社

遥相呼应。色彩的呼应搭建出了一条极具吸引力的线索:在这里,它们将观看者与被观看者联系在一起,将彼得的视角与我们自己的视角以一种形式上的、直观的方式合二为一。黄色房屋的色彩明度很低,与屋顶上醒目的白色积雪形成鲜明的视觉冲击。这种冲击成为构图的焦点,正如白雪是彼得的注意力和故事本身的焦点一样。无论我们注意到与否,季兹都以一种形式上的、抽象的方式运用了色彩,通过强调外面屋顶上的雪对床上的彼得的吸引力,使得故事的开篇变得生动起来。

在下一页中,彼得走出家门站在路旁,仰望着巨大的雪堆。他在画面上很醒目,吸引着读者的注意力,这有多重原因:首先,他的身影不受任何其他事物的遮挡;其次,当我们的视线从左到右扫视页面时,最先映入眼帘的就是彼得;最值得注意的是,除了一点点棕色的面部之外,他的身影是一个用红色的纸剪出来的平面色块。我们期待——甚至需要——把这个色块理解为一个具有正常比例的身体,虽然我们在现实中所看到的人类身体远非如此。最后,当我们终于成功地将那个红色的平面色块视为彼得的身影时,我们可以从很多层面得到一种视觉上的愉悦感。而且,这种愉悦感开始不断地增长,因为那个红色色块使用的是一种特殊的红色,它用印刷油墨所能达到的最高饱和度来印刷。高饱和度的色彩,尤其是高饱和度的红色,总会引人注意,这或许与人类在历史演变的进程中总会因鲜血的颜色而振奋这一缘由有关。季兹在书中用红色的防雪外套来突出彼得,这并不具有太大的独创性,却展现了他对于色彩的巧妙运用——在这个跨页中,唯一一个具有相似高饱和度的色块就是右边远处的一幢洋红色大楼,那幢楼正好矗立在彼得盯着看的雪堆后面,于是我们的视线不可避免地会将两块彼此关联的红色联系起来,在它们之间来回观看,依循书中彼得的视线,最终将目光停留在那个雪堆上——它也是故事的重点。随着全书的继续,我们将会看到红色只属于彼得一个人。

在整本书中,作为背景的房子仅仅被描绘为一些大块的平面色域,但就像我们能把一个红色色块看作是一个身穿防雪外套的男孩一样,从上下文中也可以看出那些色域代表着一座座房子。图中破损的栅栏和建筑物的方形边角暗示着一个贫穷的街区，但是季兹所选择的色彩都来源于想象，传达了彼得对他家周围环境的主观感受。这个环境由明黄色、橙色、洋红色的房子，以及更为真实的棕褐色房子所构成。甚至图中的雪，尽管绝大部分是白色的，但也夹杂着粉色、湖蓝色和绿色的绘画笔触，以表明它不仅仅是自然产物，同时也是彼得想象中的事物。

季兹对色彩的巧妙运用，以一以贯之的精湛把控力和独创力贯穿全书。他是一位对我的绘画老师们所坚守的"抽象力量"有着深刻理解的艺术家，但他把这种力量用在了他的故事中。他将书中的形状和色彩彻底抽象化，无疑是一个大胆的举动；同时，在一个单纯地表现童年欢乐的故事中将一个黑人男孩塑造为主角，也是一个石破天惊的"社会宣言"（对美国的主要出版商来说尚属首次）。用如此欢快的色彩和谐地描绘出一个很可能备受摧残的社区，正是《下雪天》一书广受欢迎的重要原因之一。

至于我自己的作品，我不是天生的色彩大师。在创作插画时，我的草稿只是用黑色线条勾勒出来的粗略轮廓，多年以来，我习惯把色彩的问题放到后面去处理。当需要给草图上色时，我会对每一幅图、每一个物体搜肠刮肚地逐一寻找上色灵感。我会翻开一本书里的其中几页，在铅笔草图中尝试性地填充一些能够和谐搭配的颜色，然而翻过三页之后，所有我已经选定颜色的物体就会以不同的色彩组合再次出现，那些色彩组合之间有着严重的冲突，于是我就不得不再重新尝试一次。

使我开始发生转变的是我用彩铅绘制的那本书——由洛尔·西格尔（Lore Segal）撰文的《洛芙莱特太太和她的小猫普莱斯的故事》（*The Story of Mrs. Lovewright and Purrless Her Cat*）。我记不清当初为什么决定使用彩铅来绘图，可一旦确定用彩铅，就会发现它是一种对色彩有着极大限制性的媒材，你真的没法用它进行混色。每支彩铅都有一种确定的颜色，用它来上色，在某种程度上可以涂画出阴影，但让我不喜欢的是，彩铅所铺陈的颜色有一种不确定性。

在这种情况下，从前那种绞尽脑汁搜寻上色方案的过程，就变成只能从美术商店有限的彩铅色谱中进行选择了。我为洛芙莱特太太试色时，把所选中的各色彩铅插在马克杯里：黄绿色、紫罗兰色、赭褐色、略带橙黄色的铁锈红，以及用来给洛芙莱特太太的家居服增加少许点缀的深洋红色。我看着这个马克杯，意识到自己必须按照杯中已有的色彩来进行组合，为整本书上色。这让人产生一种奇妙的感觉，不知为何，脑中的那个色彩组合使一切都变得更容

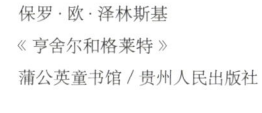

赖卡·莱塞（改写），
保罗·欧·泽林斯基
《亨舍尔和格莱特》
蒲公英童书馆 / 贵州人民出版社

保罗·欧·泽林斯基
《侏儒怪》
蒲公英童书馆 / 贵州人民出版社

保罗·欧·泽林斯基
《侏儒怪》
蒲公英童书馆 / 贵州人民出版社

易驾驭。在创作这本书的过程中，我意识到自己一直以来都忽略了作为插画家的一个核心技巧——让色彩产生互动。于是，我开始把注意力集中于此，这带来了两个效果：我学会了精简所使用色彩的数量，并找到了新方法来强化每种色彩带给人的印象。

另一本书的情况则完全不同，《侏儒怪》采用了油画风格的插图来模拟古典绘画的风格——就像我早期的作品《亨舍尔和格莱特》一样。多亏了从绘制洛芙莱特太太的铅笔画中得来的经验，我现在很清楚要如何为故事制定一个色彩组合方案。虽然我并没有完全模仿真正的文艺复兴时期绘画的色调，但我确实开发了一个自己所喜爱的色彩组合，它主要由红色、棕色和绿色（在表现稻草时掺入稻草的枯黄色）所构成，令侏儒怪的紫色束腰外衣显得格外亮眼。此外，我需要利用色彩营造出虚幻的光线，所以必须考虑一些相关问题，比如说，磨坊主女儿的脸和手在光线下所呈现出的粉红色，与她在阴影中时所呈现出的灰暗色调有何不同。

在《侏儒怪》中，我对光线的处理非常统一，采用温暖的偏黄色；对于阴影则没有进行特别的颜色处理。我避免画出反射光——那种在物体的背面边缘处散发出来，可以营造华丽的立体效果的强光。我似乎不太想要自然主义的效果，但绝对希望这本书里的金子看起来像真正的黄金。很多人问我是怎么做到这一点的，答案很简单：我提醒自己，抛光后的黄金虽然带有些许金黄色泽，但更像是一面镜子，而非某种黄色的物质。一面镜子是没有颜色的——完全没有实际可见的表面——镜子上的每一个点都只是在向你展示它所映照出的其他物品的颜色。于是，同样的，金线轴上的每一个点就像镜子一样，会映照出地板，或是房间其他部分的一角，而它们的颜色就是我所要描绘的颜色，只需要再染上一点点橙黄色调就可以了。那么，一个金线轴映照着另一个金线轴时会发生什么呢？由于黄金如镜面般光亮，光线会被封闭在一个反射的闭环中，在两个金线轴之间来回反射，而它每反射一次，就会被染上一层更浓重的橙黄色调。因此，在金线轴相互映照的地方，色彩会变得更加浓烈，饱和度更高，呈现为鲜艳的红色、黄色、橙色，而映照灰色墙壁的金子，其表面则呈现为与墙壁颜色相似的灰色。当映照的对象是光源，如一扇窗户或是一盏灯时，金子几乎会达到与光源本身同样的亮度。尽量描绘出不同映照对象之间巨大的色泽差异，较少描绘金子本身的色彩，是我笔下的金子能够显得逼真的诀窍——如果可以这样说的话。我想，文艺复兴时期的画家们应该比我更加了解这个诀窍，但我没有去深入研究这一点。

一些父母告诉我，他们的孩子痴迷于《侏儒怪》里面的金子，这令我非常高兴，不禁让我回忆起，一本好书给孩提时代的我带来了怎样的兴奋感，以及那种兴奋感是何等强烈深邃。如果其他孩子也如当年的我一样，被《小猫咪的彩色世界》或其他任何一本图画书所吸引，全情投入到书中，还有什么比这更令人心满意足的呢？

图画书带来的兴奋感有着多种多样的来源，我已经谈及了色彩可以在其中发挥作用的几种途径。正因为色彩不是画面内容，即图画"画的是什么"的主要表达者，你可能会认为它是一种次要元素，其存在意义主要是为了打破单一色调的沉闷感。但事实上，色彩在塑造形象和叙事方面发挥着自己的作用。在一本图画书中，色彩潜移默化地影响着每一项感知行为，它是撬动情感杠杆的那只通常不被人们所察觉的隐形之手。试想，如果没有情感，我们又能期待在一本图画书中收获什么呢？❖

保罗·欧·泽林斯基
《侏儒怪》
蒲公英童书馆 / 贵州人民出版社

第二天日出时分，国王来了，他又惊又喜，但这些金子只能让他更加贪婪。于是，他把磨坊主的女儿领进一间更大的屋子，里面装满了麦秆。他命令道："如果你想活命的话，就要在明日天亮之前把这些麦秆纺完。"

不拘泥于传统，
开放创作更有个性
—— 出版人、艺术家周翔专访

采访／先子

• 周翔在他位于南京的工作室。

1999年，《东方娃娃》杂志面世，以"打开一扇阅读的门，开始一生爱的旅程"为理念，在中国率先倡导父母跟孩子一起进行图画书亲子阅读。时任刊物主编的周翔，是这个理念的积极推动者。他以《东方娃娃》为平台引进图画书，宣传图画书的理念，挖掘和培养新人创作者，同时开始自己的图画书创作。

追溯周翔开始创作图画书的时间，要远远早于1999年。他的作品《小猫和老虎》曾获得1987年全国儿童美术邀请赛优秀作品奖；1992年创作的《泥阿福》获得全国优秀少年儿童读物一等奖；《贝贝流浪记》获国际儿童读物联盟中国分会(CBBY)第一届小松树奖；《小青虫的梦》获第二届小松树奖。但在个人的表述里，他这样说："我很早就开始尝试给孩子画画，画过一些小故事，但我那时还不太成熟。我真正意义上的图画书创作是从《荷花镇的早市》和《一园青菜成了精》开始的。"

《荷花镇的早市》出版于2006年，《一园青菜成了精》出版于2008年，这两部作品分别获得首届丰子恺儿童图画书奖"优秀儿童图画书奖"和"评审推荐图画创作奖"。其中，《荷花镇的早市》在中日两国同步出版，被评论界誉为"中国图画书的最美开端"。他也因这本书被定义为"用充满中国乡土风情的画笔去描绘生活"的创作者。但在周翔近15年已出版和未出版的作品里，我们会发现，他一直在不停地尝试，对图画书创作进行主题和表达的探索，并不断地打破自己的界限，展现了一个无法被轻易定义的丰富的创作世界。

先：您对画画的兴趣是从什么时候开始的？

周：儿童的涂鸦与语言学习是同步的。孩子喜欢画画，是因为他们的涂鸦在表达自己的想法。这种语言丰富自由，孩子将喜怒哀乐都记录在画里。他们通过画画向成人说话，但与艺术无关，艺术只是副产品。如果不了解这一点，父母就会忽视孩子的"心理语言"，感受不到他们心灵的敏感与成长中的无力，贻误与孩子交流的机会，同时也会遏制孩子的内心得以健康成长的机会。回忆我的童年，画画是我与世界进行对话的方式，说不出的话都可以画出来。我喜欢以这样的方式去表达自己。

先：您是怎样让画画一步步变成自己明确的目标，并想到去艺术学校专门学习的呢？

[访　谈]

周：画画对我来说就是自言自语，我在画里很自在。童年的我一直在自由地画画；后来长大了，我渐渐按照社会规则将画画变为一种手艺，成为谋生的工具。艺术学校给了我很重要的影响，我至今仍很感激老师们对我的教诲。在学校里，技巧是衡量教与学的标准，但是也让许多学生丢下画画本真的意义而落下"技术病"，形成一种模式控制你，让你不断琢磨：这样画是对还是错？是正统还是旁门左道？过度的技巧会让人整个姿态都不自在，也让人成为"手敏有余，闲心不足"的工具。依我看，理性与技巧都要训练好，好比是人的双手，缺一不可。

先：母亲对您来说，是很特别的一个人。她对您从事绘画、图画书创作影响大吗？

周：记得小时候，我母亲每次从城里回来，都会给我买几本画册，这些画册就是我的绘画启蒙老师。她做针线的时候，我在旁边画画，心里温暖而自在，现在我都记得阳光洒在妈妈身上的美丽。我有一次临摹一幅年画，上面有很多人物。我画了一个下午，画完拿给妈妈看，妈妈开心得不得了，到处给人家看："这是我儿子画的呀！"我很难为情，但印象很深刻。在过去，有一段时间里是看不到任何艺术画册的，哥哥却不知从哪里弄来了一本世界名画册，包含了从古典到现代的艺术作品。他藏在柜子里不给我看，每次等他出去我就偷着看，后来被妈妈发现了，她并没有责怪我，而是用纸默默地包好封面，反复叮嘱我藏好，不要让别人发现。成年后，我与妈妈再提起这件事情，她说当时虽然很害怕，但还是明白这本书对我有好处。妈妈用她的眼光和勇气，打开了我的艺术之眼。

先：您在出版社做编辑，这对您的创作有什么影响吗？您读到第一本图画书的时候是什么感觉？

周：能够做出版工作是我人生最大的福气。编辑的水平决定出版的高度，"甜瓜连蒂甜，苦瓠连根苦"是作者选择编辑的考量。编辑与作者的讨论像两位禅师对话，机锋、开悟、顿悟是成书的法则，而书的好坏决定了出版社的高度。优秀的出版社是"常青藤大学"，它提供优质客厅，让编辑与大师进行对话，与优秀才俊进行切磋，与不同专业的专家进行交流。长期浸染其中的熏陶会让你受益匪浅，还赚到了老板给你付的学费。我的启蒙老师是日本画家若山宪（Ken Wakayama）先生，他寄了《好饿的毛毛虫》《三个强盗》等一大批日文版图画书给我。当时我根本不明白什么叫"图画书"，只从画画的角度去看。"啊！这样的画我也能画啊！"这是我初次看到图画书时的感受。

先：想要自己创作一本图画书的想法因何而起？您又是如何开始准备的呢？

周：图画书的创作对我来说完全是转换专业，刚开始的时候，我完全不明白用图画语言去"写"书，不明白将一幅幅画装订起来只是一本画册，而不是一本讲故事的书。绘画是表达瞬间，书是表现过程，用纯绘画去做图画书，那就丧失了叙事的功能。图

周翔
《荷花镇的早市》
蒲蒲兰绘本馆／二十一世纪出版社

画书的绘画是用视觉语言来叙述文学故事，是异化的文学。文学和绘画这两个不同媒介要恰到好处地融汇在书里，才能诞生一本好的图画书。所以，图画书一定要讲究逻辑结构、情节的铺排设计、伏笔与高潮，以及令人拍案叫绝的结尾，这些都需要有好的构思，需要画家用敏锐的眼睛去观察，将生活的胶卷通过提炼，洗出清晰的好故事来。当然还要有一点儿好运气，因为你不知道"哪片云会下雨"。

周翔
《荷花镇的早市》
蒲蒲兰绘本馆／二十一世纪出版社

先：《荷花镇的早市》的图文呈现方式是上面图，下面小块空白放置文字。在您后来的图画书作品中，如《一园青菜成了精》《耗子大爷在家吗？》《小美的记号》《毛毛，回家喽！》，图文关系变得特别紧密，这种表达上的变化是因为什么呢？

周：图画书有不同的样貌，开本选择如同量体裁衣，画面叙述故事的方式也要根据不同的内容和题材发生变化。图画书中画面的安排比例有很多种，如1∶1、2∶1、1∶4等排版节奏，或更多混合排版节奏。

《荷花镇的早市》讲述的是日常生活，菜市场聚集了人的活气和情意。翻开书，热腾腾的生命元气扑面而来。我选择用大跨页来表达这种生活中高兴的氛围，让快乐之花开出墙外去。读者也可以从中看到各种生命的姿态，以及人对生活的感激与体贴。这本书出版已经快15年了，真心感恩读者的喜欢。

《一园青菜成了精》和《耗子大爷在家吗？》的创作思想就是一个"兴"字。儿童对什么东西都充满着兴致，捉到这个兴致便可生出花来，排版也就活泼了。儿童顽皮嬉戏的兴起，便是童谣的真姿。

《毛毛，回家喽！》和《小美的记号》是心灵的造型，父亲慈爱细心，姨姨体贴入微，皆是人间的好眉目，生出一往情深，顺着一颦一笑的造型画出来就好了。

先：《荷花镇的早市》中市集的画面里有很多人物出现，这算不算是整本书最难画的部分？

周：作为创作者必须要学会张望，比如，上街或是逛集市。《城镇》的作者小林丰（Yutaka Kobayashi）先生说，他每天要做的事情是逛街，去了解有趣

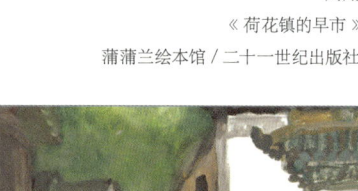

周翔
《荷花镇的早市》
蒲蒲兰绘本馆／二十一世纪出版社

的事情,将观察和体验记在心里,然后再画出来,那样创作就不难了。生活就是一部大图画书,你是这本书里的一个角色,好好生活、体会,等你要说话的时候就会很利索。

先:《荷花镇的早市》中的口号与标语、戏台演出剧目,这些场景在《毛毛,回家喽!》和《小美的记号》中也有出现,您是刻意把它们留在画面中的吗?

周:"痕迹"是视觉艺术最迷人的设计,画家会有意在作品里隐藏一些东西让观者发现:拉斐尔(Raffaello)在《雅典学院》里一本正经地躲在人群中看你;《宫娥》镜子里面的人竟是画家委拉斯凯兹(Velázquez)本人;达·芬奇(Leonardo da Vinci)喜欢在自己的画里留下"痕迹",引发了后世作家的好奇心,写出了《达·芬奇密码》。艺术家在作品中留下的"痕迹",如儿童躲猫猫一样,有顽皮,也有故意,若有若无的迹象让你觉得"哎,好玩"!《荷花镇的早市》中的口号、《小美的记号》里的剧目招贴、《毛毛,回家喽!》巷子里随意贴着的小广告,都是对时间的记录,也是生活的痕迹,更是那个时代发黄的旧照。

先:《荷花镇的早市》最后一页的图画(为奶奶祝寿的餐桌)是象征性的,有传统生活那些符号的意味,这是有意为之吗?

周:"善戏谑兮"让我们晓得开玩笑的分寸,一本正经地说故事再加上一点儿"谑"才好玩。中国年画的极端品色与造型,给生活送上喜洋洋的祝福与感恩。我借用了这个形式来表达祝寿的喜庆,也是好玩。

先:《荷花镇的早市》中人物出现众多,场景变化较大,画面中还包括市集上琳琅满目的物品,这时色彩要如何考虑和选择呢?

周:交响乐演奏需要主旋律,对绘画而言就是色调。色调与表达的内容相扣,是画家颜色语言的修养,不同的生活环境养出画家独特的颜色腔调。我在澳洲住了几个月,澳洲的天蓝得像电脑的屏保,树林的绿色非常浓郁,阳光将建筑切出炫丽的明暗对比,澳洲的色调是牛仔高亢的歌;而回到南京的家,天淡云浅,远山若有似无,一路烟柳透出空灵的感觉,金陵的色调是唐诗宋词的意味。

西方的颜色是酒,醇厚浓烈;东方的颜色是水,温润顺平;民间的品色艺术亦如火药爆炸,猛烈恣意。

用感受水的心情来画《荷花镇的

• 《荷花镇的早市》最后一页的祝寿餐桌

• 《小美的记号》画面中的剧目招贴

周翔
《荷花镇的早市》
蒲蒲兰绘本馆 / 二十一世纪出版社

早市》，用平顺的色调来画大家每天过的日子，是我的初想。譬如描绘小街的跨页，淡淡的绿灰色调映出白墙青瓦，是可以与阳光游戏的颜色；姑姑牵着阳阳走在里面，俗世的亮色也是岁月静好。

色调在书里的行走像旅行，画家的人情世故、人格、品味、笔姿，都在翻页中显现出来。

先：《荷花镇的早市》出版后，时隔两年，您出版了改编自北方童谣的《一园青菜成了精》，这本书的创作难度更大吗？

北方童谣，周翔
《一园青菜成了精》
信谊 / 明天出版社

周：《一园青菜成了精》是旧时候的民间童谣。菜园子的菜精性情泼辣、元气十足，和着泥土呼啸而出，有"揭竿而起"的男儿气。旧时，这首童谣只是教孩子来唱的成人之语，拿到今天来给孩子吟唱闹腾，需要洗掉成人的味道，用儿童的观点翻新，让今天的孩子唱出自己的顽皮与开心。《荷花镇的早市》与《一园青菜成了精》是不同题材的作品，好比一棵桃树和一棵李树，经历过阳光雨露、春去秋来，才能开花结果。

先：《荷花镇的早市》的水乡情调和乡土风俗的生活描摹，还有《一园青菜成了精》中对京剧脸谱的借鉴，这些素材是通过日常的喜好所积累，创作时自然就会想到的吗？

周：许知远的《十三邀》有一期采访社会学家项飙老师，他观察到，如今部分年轻人对于品牌、潮流、网络、经济走向等如数家珍，可是，当问到他们附近的社区、超市、街道有什么变化时，很多人却茫然无所感受。项老师将这称之为对"附近"生活的忽略，认为是社会学的新课题。"附近"生活的感受对于创作者来说是"鱼"和"水"的关系，无论你在哪里，都脱不开"附近"的社会关系，如果你隔着它，就没了生活的滋养。家常说话、邻里往来都是素日景象，看到眼里，记在心上，生活的底片在提笔的时候就会清楚地显现出来。

先：角色设定一般是有象征意味的，如《一园青菜成了精》中的豆芽菜，这个角色起到了什么样的作用？

周：我平时喜欢写毛笔字，起笔第一个字最难写，写不好会毁了全篇的章法，创作也是这样。约翰·伯宁罕（John Burningham）说，他每次创作

新书都是一次艰苦的探索,不像铺瓷砖,铺好第一块砖后接着铺就好了。创作者为了妥当地表达主题,要用合适的色调、笔法、造型去给内容量体裁衣。一刀剪下去,需要经验与运气。《一园青菜成了精》的创作过程也是如此。用什么手法来表达活泼新鲜的童谣?我先是用戏剧脸谱来造型,可是画出来有暮气和做作之态,换成浓墨粗笔却又失去诗意。反复寻找,直至找到用简笔线条画出小豆芽的造型,这个起笔才让全书顺畅起来。做出一件好衣裳,虽然辛苦,却也有欢喜。

先:在《一园青菜成了精》中,老农在扉页的出现很自然,而在最后一页的出现,就有"神来之笔"的感觉。另外,这本书的续篇《城外有个小池塘》什么时候出版呢?

周:设计情节在图画书里是大事,言外之意、抖包袱、翻页的惊喜,都会让读者会心一笑,让一本书拥有好趣味。扉页和封底的设计要用心,扉页是书的"造壁",让人闻得见"墙里佳人笑"。封底要有美人掩门的俊俏,有戏份,设计的"回眸"要让读者掩卷遐思。

我在《一园青菜成了精》的封底埋下了故事种子,许多读者都在问续集何时面世,我已经在做初稿了。《城外有个小池塘》是一个很有趣的故事,在和编辑一起努力加油呢。

先:您另一部根据童谣改编出版的《耗子大爷在家吗?》,听说有不少修改和调整的部分?

周:《耗子大爷在家吗?》是一个诙谐的童谣,它的趣味在于猫与老鼠墙里墙外的对话。粗看,是十足的顽童游戏意味,可是要画成图画书,就要克服空间的障碍,打破墙的限制,才能让你来我往的细节在翻页中表现出来,这是我遇到的最为难的设计。虽然书已经出版,也获了奖,可是我一直对那个"隔墙"不满意,反复修改,后来受戏剧表演的启发,让猫与老鼠在纸上"睁眼盲见",破了"隔墙",可是细节的设计又落入平庸。现在有10个版本的修改稿躺在我的抽屉里,每次打开,一群猫与老鼠看着我,令人苦笑。

先:在《毛毛,回家喽!》中,爸爸带着毛毛去寻找、确认并记忆回家的路,画面用黄色调较多。与余丽琼再度合作的《小美的记号》,主色调也是用了温暖的黄色。这是您偏爱的童年回忆的颜色吗?

周:每个画家在颜色的选择上都有自己的幅宽,越过自己熟悉的色阶就会不舒服。图画书一般是根据内容来决定怎么用色,更重要的是,图画书阅读的主体是孩子,暖色调能够给孩子带去舒适的感受,在运用冷色调时也要注意选择偏暖相的颜色。另外,色调是情感的主旋律,与内容相依才会带出情

• 扉页的"造壁"与封底的"回眸"

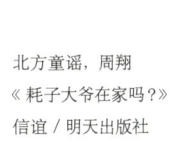

北方童谣,周翔
《耗子大爷在家吗?》
信谊 / 明天出版社

• 《耗子大爷在家吗？》的画面探索（部分）

感的意境。

《毛毛，回家喽！》和《小美的记号》这两个故事，父亲的慈爱、姨姨的深情融在字里行间。父亲细心地抚慰受到惊吓的毛毛，姨姨用心陪伴爱美的小美，暖色能够让画面的情感饱满，像暖暖的蛋糕那样，因此我选择了黄色调去演绎。

先：您与图画书作者余丽琼合作过很多次，您最欣赏她的故事中的特质是那些细腻又丰富的故事细节吗？

周：余老师很会写故事，行文没有做作的腔调，没有当今文学创作里的"故意"。她老老实实地写自己的感受，朴素的叙述让你不知不觉就进入故事的情境里去了，她对儿童的了解浸渍在字里行间。

《毛毛，回家喽！》这本书，如果没有作者深情的体验，也许会是一本喜气洋洋去认路的地图书。但是余老师把认路作为背景，重点描写了爸爸带女儿"疗伤"的心理过程，细腻地描述了父女一路的感情交流。随着毛毛熟悉了上学路，心情慢慢放松，父亲对女儿的良苦用心让我们深深体会并感动，父亲宽厚的肩膀也让读者得以安心依靠。语言虽浅淡，却让你觉得里面有化不开的深情。

《小美的记号》依旧延续余老师朴素的叙事风格，与"认路"不同的是，《小美的记号》更细腻地描绘了外表不完美的孩子的心路变化，写出了爱的呵护力量，也是另外一种"疗伤"，只是这个"伤口"比起"认路"来说更深，也更难以治愈。好在作者用天使般爱抚的笔姿化开了那个记号，让我们一起看到了小美的笑容。这也是作者对童年温暖的拥抱。

先：您有很多身份，是画家、作者，也是编辑，还担任过图画书出版环节中的艺术总监一职。这样的经验对您判断一本图画书的方方面面有什么样的影响和帮助吗？

周：创作者是厨师，编辑是美食家，这两个角色的定位不同。创作者要尽量露出好手艺，编辑要会品尝滋味，还要能说出感受。作为作者的经验，会让我在编稿子时对作者提供一些有助于他修改完善的建议；而作为编辑的判断，会让我在创作时注意把握尺度。即便这样，当局者迷，我在创作时仍需要编辑参与并指出问题。

先：从您首部图画书出版到现在，有近15年的时间了，您怎样看待原创图画书的变化？

周：中国原创图画书是一个15岁的花季少年，无论是观念还是艺术手法，一股青春元气扑面而起。

先说观念。从事幼儿教育的工作者敏感地发现，图画书在发展儿童的想象力、艺术审美、语言学习上起到了很大的作用，符合孩子自然成长的规律，更切合了以儿童为本的现代观念。通过图画书，我们发现了儿童与成人的差别，也就是说，真正发现了儿童。研究者更从科学的角度去探究图画书阅读对孩子大脑神经的刺激，从而看到其推动语言发展的重要性。可以说，是

余丽琼，周翔
《毛毛，回家喽！》
信谊 / 明天出版社

余丽琼，周翔
《小美的记号》
蒲蒲兰绘本馆 / 新世纪出版社

幼教老师与读者首先发现了图画书的作用；接着，大学老师、作家、艺术家、编辑对图画书观念及美学作用的深入研究推广，推动了中国原创图画书的发展。从一开始分不清图画书的作用，到认识、推广图画书，再到研究、创作图画书，可以看到中国原创图画书发展的历程，也可以说，我们是站在世界的肩膀上看到了图画书的地平线，现代文明在教我们爱儿童——他们是民族的未来。我们听懂了，也看见了，第一次蹲下来深情地拥抱我们的孩子，并将爱与欢喜与全世界分享。"行走时香风细细，坐下时淹然百媚"，是中国原创图画书的真姿。

再说中国图画书的艺术表现手法。中国的艺术底子是唐诗宋词的意味，与西方酒神观念影响下的艺术传统不一样，画中有诗意是中国人审美品味的标准。中国的造型趣味是敬天地万物，也有顽皮的诙谐；它的线条行云流水，在山水之间又描尽俗世的面貌；它的色调若有若无，透出空灵的仙气，大红大绿的民间品色又透出生命的元气。无论在造型、线条、色调上，中国图画

书的艺术表现都延续、吸收、发展了中国艺术的特质，并将审美的趣味更加丰富地融于书页之间，不受传统拘泥，开放，也更有个性。

先：您的作品中，无论编辑还是作者，都会合作非常长的时间。这个您是

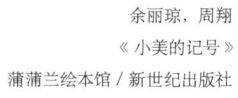

余丽琼，周翔
《小美的记号》
蒲蒲兰绘本馆／新世纪出版社

怎么考虑的呢?

周：有的作者一生只认一个编辑，有的编辑终身追随某一个作者，成为彼此依赖的挚友。遇到一个懂你的编辑，对作者来说是大福气；找到一个好作者，也是编辑的好缘分，所以唯有信任、珍惜。在相处中，编辑对作品严苛要求是对作者的爱护，作者要不断解决编辑提出的问题，才能使一本书进步，过于坚持自我的作者或是无原则退让的编辑都会毁了一本书。这就像"学道"，编辑当头棒喝会让你觉悟。对话的机锋皆要知晓，如此，才能共同看到作品得失，一起度过创作苦厄。

先："提意见直到满意为止"是一个什么样的"受折磨"状态?

周：编辑的建议对作者来说就是一块磨刀石，经验都是在"受折磨"的过程中积累起来的，不是每个创作者都能过这个关口。我也有被意见折磨到跌入低谷的时候，但要知道，编辑"折磨"作者也是选择并提炼好钢的过程。"欲得周郎顾，时时误拂弦"是古人求艺的心情，编辑磨你是福气，要好好珍惜。

先：在引进版图画书中取长补短，我们最需要学习的是什么?

周：做桌子、椅子的木料来自树，树又是一颗种子发芽长成的。树要成材，好种子是重要的因素，再落到肥沃的土壤里，在阳光雨露下长出绿叶，变成成荫的大树。图画书是人类心灵的种子，内核是人类的普世价值，真善美的枝干撑起人世间文明的绿叶。图画书没有边界，心灵相通是图画书的免签证。透过多元的图画书，我们可以看到人类的心灵之眼，那就是爱。

引进图画书和输出图画书一样，是东西方文化互相交流的最佳方式。说出自己的感受，分享爱的感激，描写阳光、满月的风景，一起看天地、问宇宙，这才是交流的根本。"江月何年初照人"也是人类齐声的发问吧。❖

余丽琼，周翔
《毛毛，回家喽!》
信谊 / 明天出版社

透视儿童的图画阅读
——从图画信息到色彩意义

文／李甦

作为一种以图为主、文字为辅，甚至完全没有文字的读物，图画书是儿童在读写萌发阶段接触最早和最多的视觉语言。从儿童阅读图画书的特点来看，他们阅读时的绝大多数时间都在关注图画——儿童在图画书阅读中需要完成的一项重要任务，就是解读图画信息。为了更好地了解儿童图画阅读的心理过程和发展特点，让我们先回到图画本身，然后再走近儿童。

从看图画中建立"视觉词典"

说到图画书中的信息，我们立刻会想到图画形象和色彩。的确，图形和色彩是读者最直接、最容易获得的信息。但除此之外，图画中还蕴含着更为丰富的信息。图画，特别是序列图画，作为一种视觉语言，也有类似口语中的语音（形式）、词汇（意义）和语法（规则）这些不同方面和层次的信息。这些信息在图画中整合起来，共同向读者传递意义。

正如口语是通过声音这种形式来表达意义一样，线条和图形是图画视觉语言表达的基本形式。视觉形象即是线条和图形按照一定的图像结构（graphic structure）规则组成的，通常都是一些基本的图画模式，像语言中的词汇一样与意义匹配起来。基本的图画模式会作为"视觉词典"储存在我们的长时记忆中，在理解图画的过程中被不断调用。建立"视觉词典"的过程就是我们从环境中暴露的各种图画模式中学习的过程。当然，学习画画也是建立"视觉词典"的一个重要过程。同一画面中不同的视觉形象或其他有意义的图像符号，比如人物说话时的气泡，也会按照一定的规则组织成有意义的形态结构（morphological structure）呈现给读者。

图画的形式、意义和结构是同时在单个单元（单幅图画）及多个单元（序列图画）上呈现的。比如，序列图画也是有形式的，它可以按照不同的布局呈现出来。序列图画可以按照时间顺序一张一张地呈现，也可以按照空间顺序（平行或者垂直的方向）排列（如图1所示）。序列图画除了外在的形式，也需要以有意义的方式连接起来。这就需要在不同的画面之间建立"顺序"——图画之间的基本联系其实就是一种简单的顺序。但是，复杂的顺序则需要用更复杂的叙事结构来组织。

如果你还记得小时候经常听到的故事："从前有座山，山里有个庙……"那就很容易理解叙事结构了。好故事通常是有一定的结构框架的，叙事结构通常是在开头交代背景信息，也就是故事发生的时间、地点和人物信息，之后展开情节。情节之中通常会出现一些问题、状况或者冲突，达到故事的高潮，然后是解决问题的过程，等等。

图画叙事也有类似的结构。最典型的图画叙事结构主要包括建立

凯文·汉克斯
《大象排队走》
奇想国童书／南京大学出版社

• 图1 序列图画按照垂直方向依次呈现（隐含着时间顺序）。

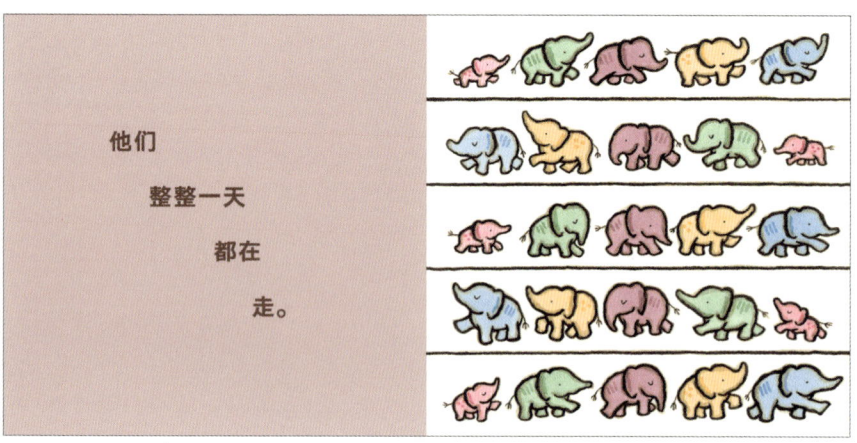

| 建立 | 起始 | 高潮 | 释放 |

(establish，即时间、背景、人物等信息)、起始(initial，即起始事件)、高潮(peak)、释放(release，即结束或结尾)等叙事范畴。以凯蒂·克劳泽的《爸爸和我系列·在博物馆》为例(如图2所示)："建立"，交代了故事发生的时间、地点和人物；"起始"，说明故事是从米娜要去厕所开始的；米娜上完厕所后迷路了，找不到回去的方向，几乎要哭出声来，达到故事的高潮；最后，她终于找到了回去的路，见到了爸爸。有时，在不同的叙事范畴下，还会有子范畴构成的下级结构，这样，图画叙事就形成了嵌套式的层级叙事结构。读者对图画叙事结构的认知，使他们能更好地理解图画中所发生的事件之间的关联。

所以，图像视觉语言是一套包含视觉词汇、视觉语义和视觉语法的系统。图画阅读就是视觉语言理解的过程，涉及词汇、语义、结构等不同层面的信息加工。

儿童读图时在读什么？

1.识别画面形象，获得图像语义

在阅读图画时，儿童必须首先获得每个图像的基本语义信息，也就是识别出画面中的形象代表的是什么，比如是小孩还是大人，是爸爸还是妈妈，等等。同时，图画还描述了事件，比如孩子在玩玩具，妈妈在做饭。这些信息也包含在画面之中，组织着角色之间的关系。

2.建立人物同一性

在序列图画中，相同的人物往往会以不同的形态(例如人物的朝向、动作、衣着等)出现在不同的画面中。要在画面之间建立顺序，儿童需要把不同画面中重复出现的某一形象辨认成同一个形象，建立人物同一性(identity or unicity of the character)，这需要一种连续约束机制(continuity constraint)，它会使儿童在理解不同画面中重复出现的某个人物形象时，清楚地明白所指的是同一个人。

3.理解图画信息的变化

序列图画通常需要"讲故事"，即图画中的一些信息需要变化才能驱动故事向前发展。为了在不同图画之间建立顺序，儿童需要阅读不同画面上的形象并观察它们的变化，比如，当窗外的月亮变成太阳的时候，就向读者传递了"第二天"的信息。对图像信息中的变化的理解，需要活动约束机制(activity constraint)。这种机制使儿童意识到，虽然图画的意义是连续的，

• 图2 图画叙事结构示意图

凯蒂·克劳泽
《爸爸和我系列·在博物馆》
奇想国童书 / 浙江少年儿童出版社

凯文·汉克斯
《蛋》
奇想国童书 / 南京大学出版社

但在视觉上会看到一些变化。这些变化可能会是时间、视角或者因果关系变化的线索，比如人的动作或者姿势的改变，预示着接下来可能要发生的事情。当然，并不是所有的变化都意味着接下来要发生什么，儿童需要在众多信息中去识别。

4.理解图画之间的关系

连续性和活动性这两种约束机制缺一不可。当儿童能识别不同画面之间的连续性之后，也会对不同画面中的变化比较敏感，这样就形成了基于画面的事件结构，儿童能因此感知到序列图画间存在着时间、因果顺序的关联性，不会将每幅图画描绘的事件看作与其他图画无关的、孤立的事件。如果看不到各个图画描绘事件之间的时间顺序和因果顺序，也就无法正确理解序列图画整体所表达的意义。

5.积累经验并整合信息

当儿童理解了序列图画中所发生的事情后，他们有过的相关经验就会被激活，从而开始在心理层面对图画中的人物、事件等进行推断和预测。随着图画经验的累积，儿童会逐渐发现图画中所包含的视觉叙事结构。对图画叙事结构的认识，也会帮助儿童更好地整合和理解图像信息。

由此可以看出，对图画的阅读理解过程包含了不同水平的认知活动。在阅读过程中，儿童解读视觉图像语言不同方面的信息，调用连续性和活动性机制，不断在画面内容和自身已有的经验之间建立联系，在不同的认知水平上"穿梭往来"，进行推断、预测和整合。当我们看到孩子拿着图画书安静阅读的样子，怎么会想到他在阅读过程中调动了这么多复杂的心理过程，这是多么奇妙而富有挑战的旅程啊！

儿童读图能力的发展

儿童很早就开始了理解图画的旅程。研究普遍发现，儿童对图画的理解经历了"命名画面形象"（label）、"建立联系"（link）和"叙事"（narrative）的发展过程。这体现了儿童对图像叙事语言中不同层面信息进行整合的过程。

儿童很早就能识别图画形象。在早期亲子共读中，儿童注视图片，用手指着图片发出"咿咿呀呀"的声音，这都是他们与图画形象互动的表现。当满18个月的儿童学会说出第一批词语后，他们在阅读过程中会伸出手指指向画面中的形象，并说出那是什么。主动"指向"和"命名"行为的增多，说明儿童对图画形象的识别能力在不断增强。

对图画的阅读理解中很重要的一点，就是理解画面形象之间的关系。正是由于形象与形象之间的关联，图画才能连贯起来，从而传递语义信息。我们通过请幼儿讲述图画的方式，对他们如何理解单幅图画进行了研究。

以图3为例，3－4岁的儿童主要是零散地罗列画面形象，他们会说："小鸡、雨伞，还有雨，还有蛋。"仅有一些儿童可以建立形象之间的局部联系，比如"下雨了，它打雨伞"，但是他们还很难去把握画面所传递的核心意义。4－5岁的儿童可以掌握形象之间的主要关系，提炼出画面所传递的核心意义。比如："下雨了，它出来后打了雨伞，小鸡蛋壳的雨伞。"5－6岁的儿童可以基于画面信息，借助想象、推理等认知过程，根据事件发生的时间进行向前和向后的延展，讲述出一个完整的故事："有一天，小鸡出壳，可是外面下着大雨，它就用壳做了一把伞，然后打着雨伞。雨越下越大，伞给吹烂了，它就把壳补好。走着走着，雨不下了。小鸡就收起蛋壳，把伞收好，一直往前走。"

儿童的眼动追踪研究也发现，3－6岁的儿童对图画中形象之间的主要关系与次要关系的理解随年龄增长而逐渐提升。儿童在阅读《好饿的毛毛虫》中的一个页面（毛毛虫与苹果、太阳）时，他们在主要形象毛毛虫与苹果之间的回视次数随年龄逐渐增多，而在次要形象毛毛虫与太阳之间的回视次数随年龄而逐渐减少。这说明，在3－6岁儿童的图画阅读理解中，建立关系是非常重要的。《皮亚杰学说入门：思维·学习·教学》中说："关系不存在于实际的物体之中。关系是抽象的，是超出物质现实的一步。"画面形象关系的建立，需要儿童"走入"图画，将自己的认知过程、心理活动与图画信息不断互动，这就在儿童与图画之间创造了一个独特的思想空间，这正是阅读的魅力！

在发展早期，儿童是无法理解不同图画之间的"顺序"的，他们在4岁后才开始理解图画中的人物同一性，在5岁左右基本发展成熟。让儿童讲述序列图画时，4岁和5岁的儿童通常会描述每一张图片上的内容，但还不能整合图画之间的顺序信息。他们在图画排序任务中的表现也很差，很难为有顺序的图画选择正确的结尾。

对不同画面之间的关系，如先后顺序、因果关系等的理解，需要基于对人物指代和事件的认知。在4－6岁期间，儿童对画面之间关系的理解能力逐步增高，开始理解跨图幅的连续性以及活动性线索，到5－6岁时能完全理解。这个年龄恰恰是儿童从描述孤立的图像向讲述有顺序的故事的过渡时期。近些年的研究发现，儿童大约在5岁时，开始能推理出序列图画中省略的内容，推理可以改善儿童对序列图画中人物同一性的保持。此外，4－6岁的儿童也能逐步识别叙事图画中构成叙事

• 图3原载于《幼教博览》（1996年）

艾瑞·卡尔
《好饿的毛毛虫》
信谊／明天出版社

艾瑞·卡尔
《好饿的毛毛虫》
信谊/明天出版社

结构的一些要素。

可以看出,儿童的读图能力在4—6岁经历了快速发展的时期。优化这个时期儿童的图画书阅读经验,将会为他们的发展提供持续的动力。同时,读图能力不是孤立发展的,涉及顺序推理、时间认知、因果推理等能力的发展。在这个时期,儿童的其他能力也在快速发展,比如心理理论的发展,使他们能够对人物的意图和行动目标进行识别,这对理解序列图画很有帮助。此外,对图画顺序的理解与儿童的口语叙事(讲故事)也密切相关。因此,支持儿童图画书阅读能力的发展需要针对不同的能力,从不同的方面入手。

儿童对色彩意义的理解

色彩是图画传递信息的重要手段,也是图画语言的重要组成部分。色彩携带重要意义,对人类的情感、认知和行为都会产生重要影响。对颜色所携带的情绪意义的认识是社会学习的结果。日常交流中,我们经常会使用充满"色彩"的词汇来描述心境和情绪,如"气得脸发红""灰蒙蒙的天空"等。

儿童很早就能意识到色彩的象征功能,并使用色彩来表征情绪信息。在请儿童为高兴、生气和难过的面孔选择对应的颜色时,即使是3岁的儿童都会将明亮的颜色,比如黄色,与"高兴"联系在一起,把深色与"难过"建立联系,而把红色与"生气"对应起来。可以说,儿童在自己能画出图像之前,就已经对色彩所传递的意义有了认识。他们在很小的时候就认为颜色具有意义,传递了特定的情绪。

从儿童绘画时的颜色选择,也可以看出他们对色彩所传递的意义的理解。儿童在绘画时的颜色选择会受到他们对绘画主题内容的感受的影响。在儿童自己确定主题的自由绘画中,4—9岁的儿童会选择明亮的颜色来描画"高兴"的主题,而对于"难过"的主题,选择颜色的范围会更广一些。这种特点在不同文化下的表现一致,如芬兰和英国儿童都会选择黑色来为坏人的轮廓图涂色;相反,他们会选择更明亮的颜色(黄色、粉色和红色是最常选的)来为好人的轮廓图涂色,而给中性的形象轮廓涂色时所选择的颜色更多样。

那么,儿童对颜色所携带的意义是否与他们对颜色的偏好有关呢?答案是肯定的。儿童会以一致而系统的方式来选择颜色,表达对绘画内容的感受。一些对4—11岁儿童的研究发现,所有年龄的儿童都会把自己更喜欢的颜色用在好人的形象上,大多是明亮的颜色(黄色、红色和粉色),而深色(黑色、紫色和棕色)会经常用来给坏人涂色。此外,在给狗和树的轮廓图涂色时,儿童也表现出相同的特点。这说明,儿童都会用自己喜欢的颜色来给好的形象涂色,用最不喜欢的颜色给坏的形象涂色,而用一般喜欢的颜色给中性的形象涂色。因此,儿童用色的主观偏好在用颜色来标识图画内容的情感意义中是有作用的。

婴儿和学前儿童都更喜欢原色，如红色、蓝色。国内研究者对幼儿颜色偏好的研究发现，各个年龄段的幼儿喜爱的颜色主要是鲜艳的红、橙，以及暖色调和明度大的颜色，而且这种颜色偏好与客体对象的颜色特性无关。这说明亮度高的色彩最容易被儿童直接感受，而光谱波长的红色与橙色，色彩表现力强，视觉选择性也就更强。从幼儿颜色偏好的等级程度来看，他们最喜欢的是红色，其次是粉红、橙色，然后是浅绿、黄、紫、蓝、浅蓝，排在最后的是白、深绿、黑、棕。特别有趣的一个特点是，学龄儿童至老年的人群都明显地偏向于喜欢物体的固有色，如绿色的叶子、黄色的香蕉，唯独幼儿没有这种倾向。

儿童的色彩偏好也会表现出性别刻板化的特点：男孩会更喜欢"男孩的颜色"，如蓝色和绿色；而女孩更喜欢"女孩的颜色"，如红色、粉色。研究发现，在1岁之前，儿童并没有表现出对粉色的偏好，但是到2岁半的时候，女孩对粉色的偏好明显高于其他颜色。之后，3岁和4岁的女孩依然会更多地选择粉色。而男孩正好相反，随着年龄增长，他们会避免选择蓝色。这说明早在2岁半左右的时候，儿童就出现了性别特定的颜色偏好，而且这种偏好还会持续发展。

总结

心理学的研究为我们认识儿童图画阅读的世界提供了独特的视角。这一视角使我们能够更好地站在儿童的角度来了解，他们进行图画阅读的过程、特点及发展，为促进儿童阅读能力的发展提供适宜性的支持。但是，当前的研究还远不能为我们深入认识儿童的图画阅读提供更翔实的理论和实证依据。儿童的图画阅读是非常复杂的过程，每一次的"看"都包含着儿童的思维和经验的卷入。同时，图画的主题和内容是由许多图画的属性，如线条、形状、颜色、构图、肌理等来共同表征的，而且还表达了画面所不能体现的隐喻意义，这些都对研究提出了很大的挑战。但也正因为如此，图画阅读才以其独特的魅力吸引越来越多的研究者去不断探索。❖

艾瑞·卡尔
《好饿的毛毛虫》
信谊／明天出版社

从暗淡到明亮

——《大城市里的小象》系列的色彩与情感

文／埃米莉·施耐德
译／程诺

迈克·库拉托
《大城市里的小象》
海豚绘本花园／长江少年儿童出版社

有一只小象，身材出奇地矮小，皮肤也不是灰色的，而是点缀着彩色圆点的白色。小象感到很失落，不仅仅是因为矮小的身材令他无法达到大部分日常活动所需要的高度，比如从冰箱里取出冰激凌，或去面包房买一个纸杯蛋糕，还因为他一个朋友都没有。他对未知的事物总是感到恐惧和犹豫，这给他的生活带来了更大的挑战。《大城市里的小象》系列图画书的图文作者迈克·库拉托，用文字和图画捕捉到了一个孩子在努力应对周遭环境和自己的情绪时，所感受到的脆弱与孤独。通过运用一系列与幼儿情绪相关的色彩，库拉托成功描摹了幼儿的脆弱感，以及他们想要实现难以达成的目标时所遭遇的挫败感。

在这一系列中，库拉托用深红色或金黄色的笔触精心点缀，使图画更加生动，并让以蓝色、灰色、白色和橄榄色为基调的画面更显明亮。同时，库拉托对小象艾略特冒险经历的简洁叙述，以及他对特定时空（20 世纪 30 至 40 年代的纽约，尤其是在那个时代老电影中的纽约场景）富有感染力的表现，也使这个系列的图画书达到了简明与精致的平衡。库拉托笔下的场景极具年代气息的美感，这或许能够满足成年人的怀旧兴趣，但从年幼孩子的角度来看，这些场景代表着迷人的陌生新世界：一个探索儿童情感的永恒背景。当库拉托在这种双重视角下进行创作时，他最关注的要点或许可以概括为"乡愁、自我价值、被忽视的、被遗忘的，以及局外人"。

在《大城市里的小象》的封面上，叠加在纽约地平线上的超大书名最为醒目，只有著名的克莱斯勒大厦的尖顶比书名还高。在这种石棕色和钢灰色的背景下，一头身上缀满浅粉和浅蓝圆点的雪白大象显得似乎有点儿不协调。虽然孩子们不会自动将泥土色调或阴暗轮廓与黯然的情绪联系在一起，但他们确实能够辨别出与画面中其他部分相背离的元素。艾略特的内心与周遭环境格格不入，一头小象的形象设定就是这种差异的外在呈现。

随着故事的展开，孩子们把艾略特看成是一个和自己一样的人——经常感到无助，必须努力在一个无法掌控的环境中找到自己的位置。一旦艾略特走出家门，似乎就会迷失自我。一辆呼啸而过的出租车溅起的水花几乎盖过他的头顶；他最喜欢的面包店的柜台太高了，以至于他根本够不着想要的纸杯蛋糕；从地铁里出来后，他在熙熙攘攘的大街上晕头转向。库拉托笔下"二战"前风

[聚 焦]

格的纽约并没有太多挨挨挤挤的建筑物和车辆，但汽车和公交车被画得又长又宽，在体型矮小的艾略特面前显得格外高大。而相比之下，他家中的世界要温馨得多。

库拉托用铅笔绘制、电脑上色的图画呈现为棕褐色调，笔触柔和。在一幅描绘小艾略特家内部的插图中，小桌子上放着一个纽约地标性建筑的雪花球，从艾略特矮小的视角可以看到墙上挂画的一部分，上面画着圆筒冰激凌和纸杯蛋糕。众所周知，甜食是用来抚慰儿童的法宝，对于艾略特孜孜不倦地追寻甜食以满足情感需求的行为，小读者们完全能够认同。艾略特站在一家创建于1905年的老面包店前，透过店铺橱窗热切地注视着用酥皮糕点和纸杯蛋糕搭成的精美展示品。在库拉托的画作上，那些诱人的甜食看起来轻盈虚幻，宛如梦境。

每当艾略特成功找到好吃的东西时，库拉托就会用明亮、欢快的色彩来凸显他的喜悦。比如在一幅图画中，艾略特坐在一间精心布置的20世纪30年代风格的餐厅里，他勉强能够得着餐桌，正举起勺子伸向桌上一盘粉红色的冰激凌。餐桌是白色的，但占据画面左下角大部分空间的餐椅是一个巨大的红色长方形。一对姐妹坐在餐厅的白色柜台前，旁边有一个闪闪发亮的银色苏打水机。其中一个女孩穿着一件布满彩色点点的红色连衣裙，另一个女孩则穿着一双光亮夺目的红色鞋子。周遭的番茄酱瓶、冰激凌汽水和水果派都呈现出层次丰富的红色调。在图中所描绘的那个故事节点上，艾略特还没有像女孩们一样找到同伴，但他们都能享受到美食的乐趣，库拉托对红色的运用表明了这一点。

在家里，艾略特可以发挥创意来弥补矮小身材所带来的不便。比如，站在箱子上去够冰箱高处的格子，然后用长柄扫帚把冰箱里的冰激凌扫出来，这都是些不错的主意；艾略特甚至还记得事先在地上放好一块垫子，以便接住从冰箱里掉出来的甜点。冰箱里有一小罐红色的果酱，艾略特的牙刷也是红色的，一台老式的红色收音机可以为他的零食时间制造一些乐趣。库拉托的插图中时不时出现这种鲜艳的色块，并不只是为了装饰，也有助于引导孩子们去注意故

迈克·库拉托
《大城市里的小象》
海豚绘本花园 / 长江少年儿童出版社

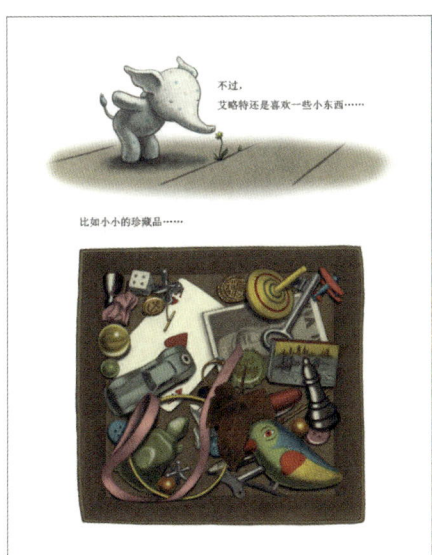

事情节进展中的关键节点,并反映出这一事实:儿童常常会关注身边那些成人毫不在意的细节。即便像库拉托坦承的那样:"就连家里的生活,也充满了一个个小小的挑战。"但从画面所传递的信息来看,艾略特的应对还是颇为游刃有余的:他刷牙时,在厨房水槽里同时洗澡和洗碗,并可以靠自己想出的聪明点子自豪地享用冰激凌。

外面的世界对艾略特来说更具有威胁性。库拉托着重表现了幼儿在一个"巨人"世界里所体验到的渺小感。他在一幅图中描绘了一个地铁站台的场景:艾略特背对着一群想要挤进车厢的面目模糊的上班族,在高大的人群中倍感压力,但人们似乎完全没有注意到他,即使他白色的皮肤与周围的一大片棕灰色大衣反差强烈,本应该让他显得十分醒目才是。小读者很可能会问:艾略特是不是一个只有读者才能看到的虚幻人物,在书中世界里其实是隐形的呢?然而,另一幅图画仿佛在对这种疑问做出回应。在那幅图画中,艾略特蜷缩在街边,一群纽约客从他身旁快速走过,只有一个人注意到了他——那是一个小女孩,正紧紧牵着母亲的手。她转头看向艾略特,脸上带着好奇的表情。在视觉上,小女孩金黄色的头发将她与画面中的成年人区分开来。只有这个女孩与儿童读者的视角一致,意识到了艾略特的困境,她和人群末尾抬着一箱红苹果的男人一起定格了这幕意味深长的画面,恰好分别暗示着艾略特生活中的两大缺憾。

漫步在库拉托以黯淡的灰褐色调描画出来的中央公园里,艾略特沉浸在自己的情绪中:"(他)伤心极了,他什么也不想看。"能够缓解他焦虑与悲伤的解药是一个朋友,他很快就找到了一个比自己更需要帮助的朋友——老鼠。老鼠太小了,他看到一个高高的垃圾桶里有块比萨饼碎片,却没法够到。他抬头望着艾略特,好像直接对着小象的鼻子说话,艾略特伸过来的鼻子对他来说如同一条真正的生命线。"我想够垃圾箱里的食物,可是我太矮了,够不着。"老鼠说,"我太饿了。"突然之间,小读者和艾略特对自己的角色处境有了全新的认识。艾略特把老鼠举到垃圾桶上方,画面右上角那块意大利香肠比萨饼上的红色香肠片,与画面左下角代表艾略特的粉彩圆点遥相呼应。在接下来的跨页中,主导色彩是夕阳西下的紫红色,艾略特站在一座小山上,老鼠坐在他头顶。这是书中唯一一张没有描绘现代都市的图画,而是呈现出一派永恒而神秘的风景。都市的暗灰色调随着艾略特的伤感一起消失了,他站在沐浴着夕阳余晖的景致中,觉得"自己是世界上最高的大象"。

库拉托并没有详细描述艾略特是如何与老鼠成为朋友的,但我们可以看到,第二天他们就形影不离了。在那个艾略特够不着柜台的面包店里,库拉托画出了一幕洋溢着友爱之情的杂技场景。老鼠站在艾略特的鼻子尖上,极力伸展身体,将纸币递给身处画框外面的店员

迈克·库拉托
《大城市里的小象》
海豚绘本花园 / 长江少年儿童出版社

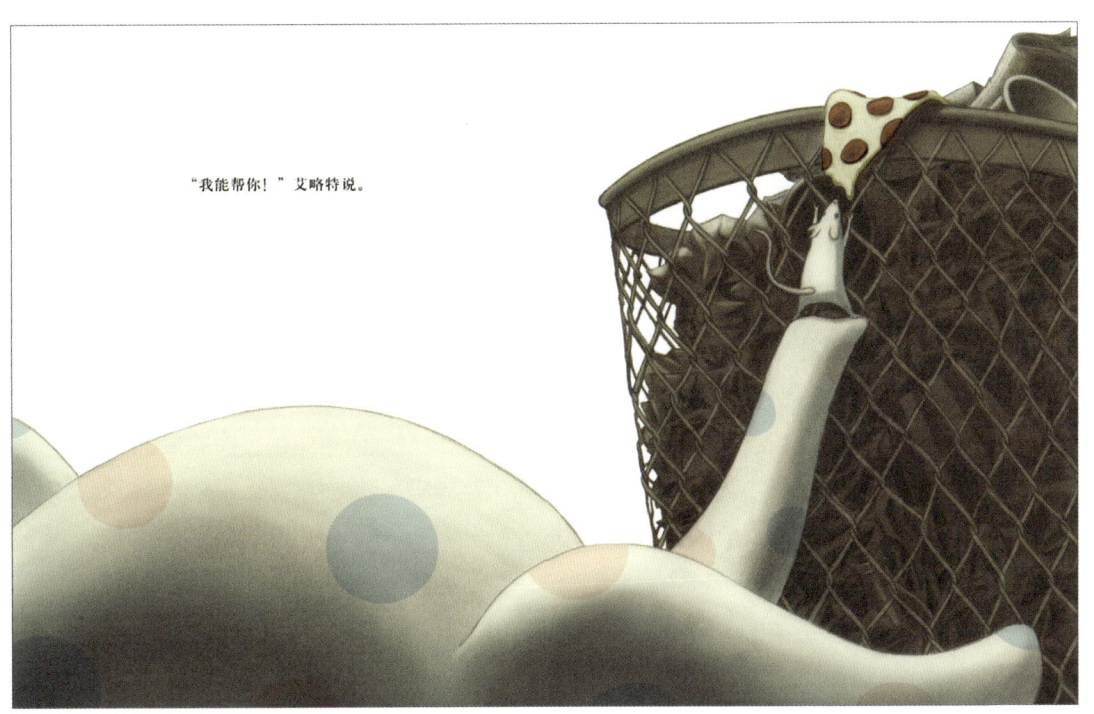

"我能帮你！"艾略特说。

来付款。一个三层的蛋糕架上摆满了之前艾略特无法企及的纸杯蛋糕，占据了左页满满的画面，夸张地描绘出艾略特渴望已久而现在终于可以享用得到的甜点。在接下来的场景中，"友谊杂技表演"所带来的刺激感与戏剧性开始趋于平静，艾略特捧着一个装满纸杯蛋糕的玫瑰色盒子，高高兴兴地穿过由顾客们的腿组成的海洋。与地铁站的那幕场景恰恰相反，艾略特此时似乎对周围的人群视若无睹——那些人不再是一个可怕的群体，而只是一堆匆忙来去的脚而已。深色的男式牛津鞋和女式高跟鞋似乎正为艾略特让出一条路来，他是这沉闷背景中格外耀眼的一道白色光芒。

书的最后一个跨页展现了都市的庞大与儿童的渺小之间的强烈对比。前面画面中的模糊色调已经被夜色的漆黑所取代，艾略特和老鼠的公寓楼上方，曼哈顿大桥在夜幕中隐约可见。大桥的钢索上亮着一盏盏白灯，与一行白色的故事文字以及白色的艾略特和老鼠互相呼应。在画面下方的三分之一处，两扇一模一样的窗户里透出金光，如同中世纪肖像画中作为焦点的金色光环一般闪烁着光芒：一扇窗户里没有人，另一扇有一角拉开的窗帘，露出艾略特与老鼠正在分享纸杯蛋糕的身影。娃娃屋中微缩版的日用物品常令孩子们分外着迷，在这个宛如娃娃屋内部的场景中，书中的两个主人公找到了一种方法，不让自己在这个庞大的、由成人主导的世界中感到渺小无助。比起纸杯蛋糕，他们找到了"比这更好的"东西来分享，二人彼此之间的友爱一定会在日后的冒险历程中为他们提供无尽的慰藉与支持。

这个系列后续的图画书描绘了艾略特各式各样的冒险，但主要关注的是情感方面，描写老鼠如何鼓励艾略特克服胆怯。就像艾诺·洛贝尔（Arnold Lobel）的《青蛙和蟾蜍》系列、詹姆斯·马歇尔（James Marshall）的《乔治和玛莎》

迈克·库拉托
《大城市里的小象》
海豚绘本花园 / 长江少年儿童出版社

迈克·库拉托
《小象的大家庭》
海豚绘本花园 / 长江少年儿童出版社

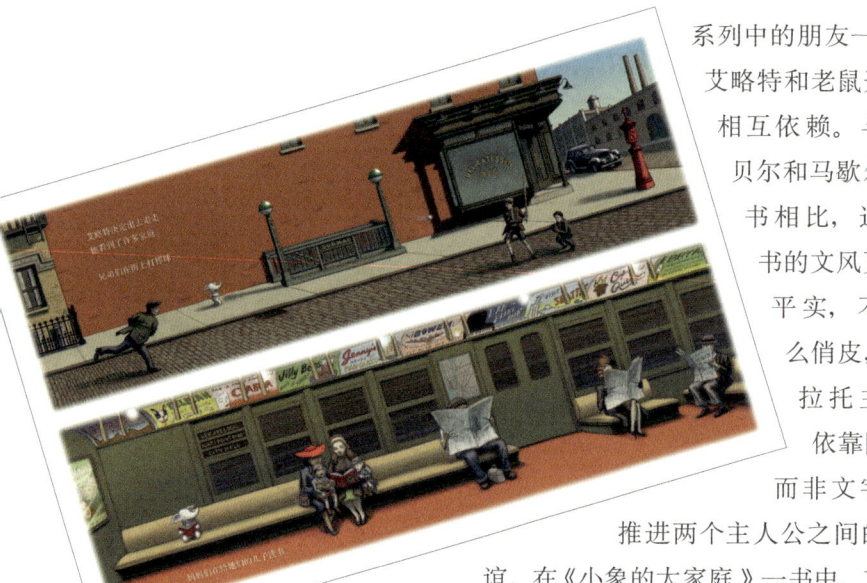

迈克·库拉托
《小象的大家庭》
海豚绘本花园／长江少年儿童出版社

系列中的朋友一样，艾略特和老鼠开始相互依赖。与洛贝尔和马歇尔的书相比，这套书的文风更加平实，不那么俏皮，库拉托主要依靠图画而非文字来推进两个主人公之间的友谊。在《小象的大家庭》一书中，艾略特表现了当孩子们与所爱之人分离时所体会到的巨大焦虑。艾略特没有亲人，但可想而知的是，老鼠拥有数都数不清的亲戚。老鼠的全家福里有无数只老鼠亲戚挤在精致的画框中，而艾略特的照片墙上则只有他自己的单人照，还有一些他喜爱的食物与城市风景的图片。当老鼠去和他庞大家族的亲戚们小聚时，艾略特变得很孤单。他乘上一列人很少的地铁，让人伤感的是，车上"妈妈们在给她们的儿子读书"，而他却形单影只。绿色的地铁车厢门和米黄色的长椅中点缀着三抹红色：一是艾略特自己读的那本书，还有就是其中一位妈妈戴着的宽檐帽，以及她和朋友正与她们的小儿子一起分享的那本书。红色的物体与艾略特组成了一个视觉三角，他深切地体会到，独自读书与分享共读是两种全然不同的感受。

接下来，艾略特在一个个场景中不停地穿梭，从各族裔混居的纽约下东区到洛克菲勒中心的溜冰场。在由无数其乐融融的家庭组成的城市中，库拉托把他刻画成一只身处其中却分外孤独的小象——当一位老奶奶穿着温暖的、象征母爱的红毛衣给小宝宝唱歌时，艾略特躲在灯柱后面；当所有孩子们一起滑冰时，他怯怯地靠在场地旁的栏杆上；当艾略特试图在一座豪华电影院里观看一场电影来散心时，库拉托惊鸿一瞥地提及了大象的往事。作为银幕前唯一的观众，艾略特在画面的远景中就像淹没在一大片暗红色座椅上的一个粉白色小点儿。这场电影使他的心情低落，因为他所看的这部名为《丛林探险》的电影，激起了他作为大象的可怕共鸣。任何读过《大象巴巴的故事》的读者看到这部电影，可能都会想起那本书开篇的一幕——一个残忍的猎人杀死了巴巴的母亲。即使是没有读过那本书的孩子，在看到电影中象妈妈、象爸爸和小象亲昵地挽起鼻子的举动时，也会对艾略特悲喜交加的心情感同身受。故事文本并没有提及艾略特失去家人的事实，而只是说"艾略特想念老鼠"——他想念他现在的家人。艾略特陷入悲痛的回忆时，银幕上的电影画面由老式电影中常见的垂直细纹渲染而成，让人感觉真实得几乎触手可及。在后面的故事中，艾略特与老鼠重新团聚，成了住在黑暗阁楼上的老鼠家庭的一员。老鼠奶奶为丰盛的宴席准备了奶酪浓汤，盛在擦得闪亮的

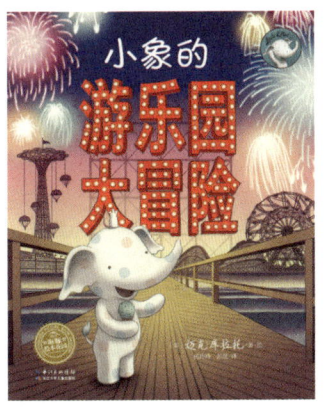

迈克·库拉托
《小象的游乐园大冒险》
海豚绘本花园／长江少年儿童出版社

盘子里，升腾出一缕缕金黄色的热气。这顿饭囊括了丰盛的食物，主要是奶酪和水果，也有纸杯蛋糕，这说明艾略特已经融入了他的新家庭。

在《小象的游乐园大冒险》一书中，布鲁克林科尼岛的游乐园成为测试艾略特胆量的完美地点。在他们即将体验书名中的"大冒险"时，老鼠简单地建议他的朋友："跟紧我。"每一个对冒险游戏产生矛盾心态的孩子，都会立刻认同艾略特的苦恼：水"太湿了"，大轮转让他"太晕了"，可怕的旋风过山车当然也"太快了"。从成人的角度来看，艾略特的每个顾虑都可以一笑置之；而对于年幼的孩子来说，那些说法则是在陈述真正的事实。在这本书中，库拉托的画风比之前几本中更恐怖一点儿："趣趣屋"（Fun House）的入口是一张狰狞扭曲的人脸，其中的红色不再代表温暖、美味或疏离感，而是代表恐怖；同样，通向海洋球池的黄色和红色滑道，以及小丑的超大码鞋子，都显得很诡异。当艾略特被恐惧压倒时，老鼠的安慰使他得以解脱："没事的……我就在这里。"这种安慰仿佛带有魔力，那种舒畅的红色随即又回流到喧闹欢乐的碰碰车上、旋转木马的座椅上，以及一个正滚上坡道的斯凯球——这种技巧性的游戏非常适合刚刚找回自信的艾略特。

该系列的后续图画书继续表现艾略特在情感方面的发展，无论是《小象去乡下》一书中的乡村探险，还是《小象的圣诞节》于节日期间收获的同理心视角，读《大城市里的小象》系列图画书时，成人读者会沉浸在描绘奇迹之城的生动画面中，追忆那个属于往昔的迷人时代；而对于孩子们来说，或柔和或浓烈的色彩交替出现，是他们不同层次的情感需求的视觉线索。成人可能在对旧日时光的怀旧情绪中流连忘返，在那些日子里，帝国大厦还是世界上最高的建筑物，汽车两侧还有老式的脚踏板；但在孩子们看来，艾略特的纽约是一个有着独特风景的世界，在那里，人们可以和他人建立起至关重要的联结，也可以在独立之路上迈出越来越坚实的脚步。❖

迈克·库拉托
《小象去乡下》
海豚绘本花园／长江少年儿童出版社

迈克·库拉托
《小象的圣诞节》
海豚绘本花园／长江少年儿童出版社

颜色如何塑造图画书的戏剧性？

——以安纳斯·芙吉拉和
苏西·李的作品为例

文／帕特里克·博里奥内
译／李学敏

阿涅丝·德萨尔特,
安纳斯·芙吉拉
《菲洛梅纳的脚》
© L'École des loisirs, 1997

颜色在叙事图画书中的作用，除了确定基调去配合故事情节之外，其主要作用在于情感表达，正如安纳斯·芙吉拉（Anaïs Vaugelade）的一本小说的书名：《羞怯的红色和狂热的绿色》（Rouge de Honte et Vert de Rage）。从这个角度出发，苏西·李（Suzy Lee）和安纳斯·芙吉拉一样，发现了值得去探究的新思路。

以安纳斯·芙吉拉绘制插图的令人印象最强烈的图画书《菲洛梅纳的脚》（Les Pieds de Philomène）为例，这本图画书的文本是阿涅丝·德萨尔特（Agnès Desarthe）创作的。书中的插图展现了中世纪末期文艺复兴之初的场景，我们看到黄色和蓝色互为对比，成为书中最主要的两种颜色，如穿着一袭黄色长袍的智者保罗，身着蓝色围裙的清洁女工菲洛梅纳。画面描绘了当地佛拉芒人生活的场景，以及15世纪意大利文艺复兴时期的景象，展示了世俗和宗教艺术。同时，这本图画书也呈现了由男性主导的帝国逐渐向女性主义世界过渡这一事实。起初，整个小村庄都由保罗领导，保罗什么都懂，黄色几乎占据了整幅画面。只有菲洛梅纳出现时，黄色的画面中才出现一抹蓝色。她是唯一不仰视保罗的人，因为她爱保罗。每当她为了吸引保罗的注意而给他送礼物时，保罗就会斥责她，村民们也都很听从保罗的说教。有一天，菲洛梅纳把鳄鱼放在一个笼子里当作礼物送给保罗，而保罗坚持认为，动物们应该自由地生活。菲洛梅纳就把鳄鱼放了出来，但这只鳄鱼一从笼子里出来，就咬下了菲洛梅纳的脚，然后迅速逃走了。此时的保罗失去了智者的风范，他立刻出发去寻找菲洛梅纳的脚。他跟着鳄鱼来到了一个地方——由黄色和蓝色混合而成的绿色景象映入眼帘。他把脚带回来还给菲洛梅纳，并借着这个机会向菲洛梅纳求婚。他还送给菲洛梅纳一双鳄鱼皮做的鞋子作为礼物。从此，画面中蓝色与绿色同时出现，只有一点儿黄色做点缀，与刚开始的满幅图画相比，此时的画面发生了变化。创作者们由此为我们揭示了"菲洛梅纳（Philomène）"这一名字的另一层含义，即引导哲人的人。

《秘密》（Le Secret）是安纳斯·芙吉拉在2010年创作的图画书。这本书由三种连续的颜色——黄色、绿色和红色构成。这个有关秘密的故事发生在一对好朋友——猫和母鸡之间。故事发生在一天的时间里，黄色自然对应早上太阳的颜色，墨绿色代表下午，而红色则象征黄昏。在这本图画书的最后，如果没有颜色的暗示，读者几乎不明白主人公的任何秘密。母鸡房间里的黄色，是蛋黄的颜色：她的秘密难道不是一种幸福的预兆吗？猫带领我们走进一个红色的世界，这里的动物们正迁往别处，猫就置身在这个场景中，并没有弄明白发生了什么，也没有人回答他的问题。成群移居通常是战争造成的结果，正如这个血腥的颜色让人联想到的那样。

安纳斯·芙吉拉更早期的作品会用两种原色的对比所创造的效果来进行图像叙事，她会在一些图画书中将原色混合起来变化出新的花样。在《小食人魔的早餐》（Le Déjeuner de la Petite Ogresse）一书中，小男孩和小食人魔相亲相爱，金色头发的小食人魔和穿着红色裤子的小男孩要花费几天几夜的时间来制作橙色的香醋。我们都知道小食人魔是以小孩为食的，否则他们就会生病。果然，一天早晨，当小男孩醒来的时候，他发现身边的小食人魔在"品尝"他的手。

对于深受英国作家刘易斯·卡罗尔（Lewis Carroll）影响的苏西·李来说，孩子的想象力为黯淡的成人世界带来了丰富的色彩。作为"想象游戏三部曲"的第一部，《动物园》为后面的两部打下了基础。故事就在两个场景中交替展开：在令人压抑的氛围中，父母发现他们的女儿不见了，于是赶忙去所有空笼子里寻找女儿；与之形成反差的是，他们的女儿——这个穿越了镜子的现代爱丽丝和逃离了动物园的动物们正尽情享受着色彩缤纷的世界。在三部曲的第二部《海浪》中，成人黑白交织的现实世界和孩子们想象中的彩色世界形成了一种对立关系。左右页分别代表成人和孩子的世界，页面中间的装订中缝处不仅仅划定了两个世界的界限，也象征着引领"爱丽丝"进入奇境的"兔子洞"。《海浪》和三部曲的最后一部《影子》一样，都分别有一种主要颜色：《海浪》里是蓝色，而《影子》里则是黄色。苏西·李自己解释过《影子》中选择亮黄色的原因：影子的"影子"难道不是亮光吗？这种虚幻的亮光首先为影子镶上了淡淡的光晕，之后这些影子变成了想象中的人物，直到对页都出现了影子，此时游戏也达到了高潮。黄色背景中的黑色图画在页面上十分醒目，在下一页就会出现与之相对应的黑色背景中黄色的图画，直到书中唯一的一行文字出现："吃饭啦！"在这两本图画书的结尾处，蓝色和黄色最终分别占据了整个页面，由此宣告了想象的胜利。

苏西·李和安纳斯·芙吉拉都用她们各自的方式扩大了颜色变化的领域，最终使得颜色能够代表图画书中不同角色的特点。尽管她们俩的风格明显不同，但是她们在一点上是共通的，即她们都非常善于运用颜色对比——一个是运用几个原色来做对比，另一个是在暗色和彩色之间做对比。对于苏西·李来说，童年时代的色彩纷呈总是胜过大人世界里的阴沉晦暗，而对安纳斯·芙吉拉来说，其他次要颜色之间的合成使基本色的对比效果更加富有层次。两位创作者对于这些主题在图画书中所进行的探究，使她们的个人风格更加明显和鲜明。在安纳斯·芙吉拉的创作中，融合的色彩是一种短暂的解决方案，甚至是一种幻觉；而在苏西·李的作品里，色彩的出现和消失之间的"对话"变得越来越坚定，直到最终这种色彩占据整个页面，就像《影子》中的最后一页变成完全的黑色。❖

苏西·李
《影子》

© Kaléidoscope, 2010

不疾不徐，十年探索
——我的图画书中的色彩语言与儿童

文／黄丽

"只要我画出最绚烂的色彩，孩子一定会喜欢看吧。"我将颜料铺开，调出自认为最漂亮的颜色。这时我的身份是创作者。

"这本书我好喜欢！它的色彩很高级，很雅致，画家是用什么颜料画的？这种画面效果是怎么做到的？"书店里的一本书吸引了我的注意。这时我的身份是创作者的同行。

"这本书的颜色好灰暗啊，我的孩子一定不喜欢看。"我在书架上挑挑拣拣，想为孩子找一本适合睡前阅读的图画书。这时我的身份是孩子的妈妈。

从不同的身份、不同的角度来判断一本图画书色彩的优劣，这是我以前常常下意识会做的事情。

吕丽娜，黄丽，陈伟
《卡诺小镇的新居民》
海燕出版社

• 修改前

• 调整之后的完成图

我是谁？

认识到身份差异对图画书创作的影响，是在我 2006 年第一次尝试创作图画书的时候。

那时的我满怀激情地投入创作，几乎不分昼夜，每天工作 16 个小时以上。那年春天留给我的记忆，都是画案前的那扇窗——抬头时，窗外总是漆黑一片，或是微微泛白。一天深夜，我画到这样一幅画面：发明家小妖怪的家里，到处是瓶瓶罐罐，还有奇怪的斗篷、靴子、机器人……当我绞尽脑汁，琢磨着用什么颜色和技法可以将那些瓶瓶罐罐画得亮晶晶的时候，脑海里突然蹦出一个念头：我为什么非要努力把它们画得亮晶晶呢？难道我把这些瓶子画得很漂亮，孩子就能轻易地看懂这一页的情节吗？

我又重读了一遍故事的文本，这一页的文字是说，小妖怪的家是个神奇的实验室。我恍然大悟：对啊，表达"神奇"才是重点！我开始检查我的图画，发现已完成的画面根本不能带给人"神奇"的感觉，只有粉红、黄色等鲜艳漂亮的颜色而已。于是我去查资料，查哪些颜色能表现出"神奇"，然后对画面的细节和色彩结构进行调整。

几天后，7 岁的儿子来到我的画室。我将完成的画逐一摊在他的面前，给他讲书里的故事，观察他的反应。结果，他只对我调整过的那"神奇"的一页最有兴趣，趴在那张画上不让我挪动，眼睛紧紧盯着画面，专注地看了好久好久。看着他入神的表情，我知道，他已经走进了那个"神奇的实验室"。

十几年过去了，现在再看这本书，它显然是极不成熟的。但当时那个"神奇画面"的改动，彻底改变了我对图画书色彩的认知：图画书中各种各样的色彩，并不只是为了让画面更漂亮，它和文字、构图、角色、细节、翻页等，共同构成图画书的叙事语言，是用来给书对面的阅读对象（儿童）讲故事的。

这种认知上的改变也令我意识到，作为一个接受过专业美术教育、自认为会画画的人，作为图画书创作者的我，对图画书创作的认识是多么浅薄啊！没错，我有理想，也有足够的热情，想为孩子们做一本好书，但是，盲目的狂热并不能弥补自身对图画书认识的不足。我是一名插画家，对于图画书这种艺术形式，以及图画书的读者，尚缺乏了解，这构成了我初次进行图画书创作时的局限。这种局限产生了一些后果，主要包括：不了解图画书为什么需要图文合奏，什么是恰当的构图和色彩语言，不了解这些形式对阅读对象（儿童）的意义。这些不了解或认识上的含混不清，会直接呈现在作品里。

认识图画书中的色彩语言

儿童在阅读图画书时，因为年龄较小、识字有限，需要依赖成人给他念书里的文字，而他们在用耳朵听的同时，会自主观看书中的图画。在此过程中，儿童对故事内容的理解和接受程度，取决于以下几点：画面内容讲述是否顺畅，画面的情感变化是否清晰明了，画面细节是否能引发思考，图画是否与文字形成互补，媒材是否符合故事的调性，等等。在此需要说明的是，我强调画面对儿童阅读的重要性，并不是想要弱化文本的重要性。在我看来，文图同等重要。只是对于儿童而言，图画是视觉的阅读，文字是听觉的阅读。关于图文合奏、亲子共读的意义，以及幼儿的阅读方式，许多专家都进行过研究和阐释，我在这里不再细述。

图画中的构图、色彩、角色、细节都是要讲故事的，那么，色彩作为画面语言的重要组成部分，它的独特价值是什么呢？也就是说，色彩到底是怎么讲故事的？

罗伯特·麦基（Robert McKee）的《故事》一书有这样一段关于审美情感的表述："一个讲得好的故事，能够向你提供你在生活中不可能得到的那一样东西：意味深长的情感体验。在生活中，体验要变得有意义，需要通过事后的反思；在艺术中，体验在其发生的那一瞬间马上就会有意义……艺术家和观众之间的交流，是直接通过感觉和知觉、直觉和情感来表达思想。"这段话说明了成人文学的阅读审美规律，儿童文学阅读更是如此。因为阅读图画书的主体是那些依靠感知、直觉来获得体验和认知的儿童，图画恰恰是儿童能感知的，也是更适合的情感交流方式。

图画中色彩语言的本质是情感表达，因为对色彩的记忆与联想，往往会激发观看者的情感。比如我们观赏东山魁夷（Kaii Higashiyama）的作品，画面上的绿色会让人产生静谧、深沉的情感体验；观赏爱德华·蒙克（Edvard Munch）的《呐喊》，大面积的黑色与红色的强烈对比，让人产生绝望、惊恐的感受；观赏凯绥·珂勒惠支（Kathe Kollwitz）的作品，入目的黑色让人感觉压抑，画家常常只选用黑白两种颜色，让人联想到死亡或悲伤的情绪；而在吴冠中的作品《吴家作坊》里，我们能从密集的红色、黄色和绿色里，感受到欢快、活泼的生命状态。诚然，艺术家们的色彩创作与表现手法复杂而多变，但观者通过这些作品的色彩语言接收到的情感却是大致相同的。

不过，阅读图画书与观赏单幅艺术作品有所不同。图画书的故事情节跌宕起伏，需要用连续性的画面语言来讲述，从而调动读者的生活经验和情感体验。

安东尼·布朗（Anthony Browne）的图画书《大猩猩》就是通过画面中色彩的变化传递故事情感，让我们看到一个与父亲关系疏离、渴望被陪伴的小女孩的心灵幻想之旅。

仅仅是因为这些杰出的艺术家娴熟地掌握了图画书艺术创作的规律，更是因为他们明确地了解图画书的创作者与阅读对象（儿童）之间的关系。

瑞士儿童心理学家让·皮亚杰（Jean Piaget）说："儿童是积极主动并充满好奇的探索者，他们经常面对一些无法即刻理解的新奇刺激和事件的挑战。如果儿童想了解某事物，他们必须自己建构与此有关的知识。儿童是一个建构者，可以通过活动或者操控物体和事件，发现其特点，从而获取知识。"

• 图1中的蓝色，令人感受到小女孩与父亲之间冰冷而疏离的关系；图2中运用了大面积的黑色，让人体会到小女孩孤单、难过的情绪；图3中运用了大面积的黄色和红色，带给人温暖的感受。一页页画面中，色彩语言精准地描述出人物的情绪，带领读者经历了一场由孤单到渴望，最终获得陪伴的充沛的情感体验。

图1　冰冷　　　　图2　孤单　　　　图3　温暖

莫莉·卞（Molly Band）的图画书《菲菲生气了》，讲的是一个小女孩生气后离家出走又回家的故事，情节看上去非常简单，但它是运用主观性色彩语言来表现主人公内心丰富情感的典型作品。

体验和建构是儿童的天性。安东尼·布朗、莫莉·卞这些杰出的艺术家一定懂得，只有调动起儿童的生活和情感体验，才能帮助他们读懂图画书。这也正是图画书创作中准确运用画面语言，包括色彩语言的意义。

• 图1中铺满画面的红色，令读者感受到菲菲心里充满了愤怒；菲菲在生气后离家出走，无助又沮丧，所以图2中的色彩变得灰暗了；而在图3中，菲菲看见蓝色的大海，她的心情也变得平静。在这一页上，那棵白色的大树占据了画面一半的面积。这是画家运用色彩时有意而为之，是为了表现菲菲的心情变得明亮了。注意到书里所有人物和景物外轮廓的颜色了吗？那些外轮廓的色彩随着情节的发展在不断地发生变化，带动读者完成情感的体验。

图1　愤怒　　　　图2　沮丧　　　　图3　平静

虽然每一本畅销不衰的经典图画书都带有时代的印迹，表现形式千变万化，但我们可以发现，其中色彩语言的情感作用和创作规律，与上面提到的两部作品并无二致。为什么它们会呈现出这样强烈的共性？我想，不

图画书色彩语言的实践

色彩语言在故事里可以调动读者的情感体验，那么，创作时如何准确地运用它呢？

首先，在运用色彩语言之前，画家要相信自己的感受，因为无论在哪

一个时代、哪一个国家，无论成人还是孩子，包括画家自己，都拥有过开心、忧伤、平静、痛苦等情绪体验，这些是人类共通的情感。请相信，当你准确地描绘出表达平静的色彩，读者就会感受到平静，如果你用色彩画出了忧伤的感觉，读者感受到的绝不可能是快乐。所以，画家要从故事里寻找自己的感受，真切体验故事的情感，或故事中某一刻的情绪，这是找到恰当的色彩语言的基础。

其次，画家要学会控制自己的色彩技巧，这样才能准确地画出故事中的情感。正如艺术理论家鲁道夫·阿恩海姆（Rudolf Arnheim）在《艺术与视知觉》中所说："事物形体结构和运动本身就包含了情感表现。"这句话的含义是：一张画的"情感"是通过画面的形式语言传递给读者的。例如，画面形式中的色彩语言到底画的是"快乐"还是"悲伤"，情感表达得是否准确，要看色彩的明度、纯度和色相这三要素的配合是否得当。在我看来，画家要想画出准确的色彩，绝不是选最漂亮的颜色，也不是用力揣摩采用什么样的绘画技法。画家需要思考的重点应该是根据自己体会到的故事里的真实情感，去控制对色彩三要素的运用。作画如同演奏，色彩的明度、纯度和色相犹如琴键上弹奏的音符，孰高孰低，孰急孰缓，取决于演奏者在琴键上敲击的力度和节奏。有了演奏者恰当的控制，琴键传出来的欢快或忧伤的曲调才能感染听众。

在《安的种子》和《外婆家的马》这两部作品的色彩表现上，我都遵循了以上两个原则。

王早早，黄丽
《安的种子》
海燕出版社

《安的种子》讲述的是一个"静待花开"的故事。对于"等待"的理解，我认为是一种不急躁的情绪，是一种平静、安然处之的状态，所以在画面色彩语言的运用上，我尝试去表达这种安静的感受。《安的种子》出版11年，受到众多读者的喜爱，在网上看到读者评论最多的是："这是一本安静的书！""读了这本书，心就安静下来了。"当然，唤起读者安静感受的原因，有的来自故事本身，有的来自画面中

• 画面色彩的明度采用中低明度对比，降低色彩的纯度，色相偏暖；弱化了画面上的线条，尽可能用色彩的块面来呈现。运用大块面的色彩，更能唤起读者安静的情感体验。

- 左页运用中明度弱对比、纯度比较低的颜色和墨,以及色相偏暖的淡黄色背景,来表现外婆朴素而日常的现实生活;右页则运用高明度、强对比、高纯度的颜色,来表现孩子想象世界的夸张和绚丽,色相仍是偏暖的,这是孩子在外婆爱的陪伴下想象出来的世界。

- 我运用大面积的明度、纯度都比较高的黄色,以及色相偏暖的颜色,来表现小东西带着 5 匹马进外婆家时的愉悦心情。

- 如图 1 中,5 匹马一进门就闯了祸,小东西有些惊讶。这时画面的纯度比前一幅图降低了,明度保持强对比。

- 如图 2 中,当 10 匹马进门时,外婆说:"不行啊,地方太小了。"小东西感到拥挤,这种拥挤感使我调整了画面里中明度的黑白关系:白色变少,黑色变多,纯度也降得更低。

图 1　　　　　　　　　　　　　图 2

- 小东西带着 20 匹马来了。外婆说:"不行了,不行了,我的小房子全让这些马占了!"是呀,房间都被马占了,那该有多混乱!小东西的心情也混乱到极点。我在色彩中加强了黑与白的明度对比,纯度也提得更高,颜色选择了强烈的互补色,从而制造冲突。

其他绘画语言的恰当运用，但画面色彩语言一定也起到了情绪渲染的作用。

相比安静风格的《安的种子》，《外婆家的马》则是一部欢快的作品。故事讲述了主人公"小东西"来外婆家过暑假期间展开的一场想象游戏。在故事中，外婆每天忙碌的事情与小东西的想象是相互交织的。第一次听这个故事的时候，我听到的是外婆对小东西说的零零散散的家常话，而脑海里闪现的则是小东西的马来到外婆家的画面。当时我就想，这本书的图画不能一页页根据文字平铺直叙，而应该是现实生活与想象世界相互交织着来展开，"虚实结合"是这本书最恰当的画面叙述方式。

那么，如何用色彩表现出故事的虚与实呢？外婆的日常生活是琐碎、朴素且平凡的，而对孩子来说，他的想象世界是天马行空、绚丽夸张的。这两种不同的感受，决定了我对色彩三要素不同的运用。

故事里的小东西到外婆家，每天带来的马的数量不一样，他与外婆玩的想象游戏就不一样。随着马儿的不断增多，外婆与他展开不同的游戏，他的心情也有了变化，时而开心，时而惊讶，时而感到拥挤，时而感到混乱……找到孩子的情感变化，就找到了色彩运用的答案。

色彩语言的运用如同故事创作，如果能找到一个新的视角，不仅能彰显创作者的独特，也会给读者带来新鲜的、身临其境的感受。

《外婆家的马》中有一页小东西为马儿举办生日宴会的画面。在最初的设计中，我只想突出欢乐的气氛，选用的都是欢乐、浪漫、幻想的色彩元素，但画完后看上去有些平庸。于是我想象在生日宴会上大家一起跳舞时会有什么？噢，是乐曲，跳舞时一定要有欢乐的乐曲啊！于是我播放了一首欢快的乐曲《美好时光》(Good Time)，尝试将这首乐曲里的节奏和曲调转化成画面语言。

根据乐曲《美好时光》的音乐感受调整画面的色彩，画面上强烈的色彩节奏和笔触，不仅让人能感受到欢乐的气氛，读者似乎还听到了节奏欢快的音乐声。

有时，色彩的运用并不受限于故事，它还来自创作者的经历。有些看似与故事无关的生活经验，也会成为

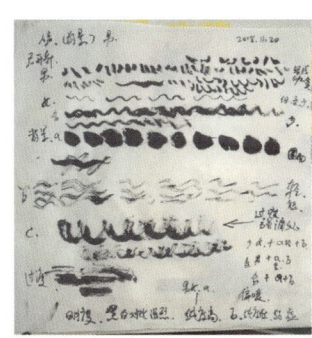

图1

图2

• 图1中，尝试将乐曲《美好时光》的音乐曲调、节奏转换成画面语言的笔触和节奏；图2中，将总结出来的画面节奏应用在生日宴会的场景里。

• 试画草稿，体现欢乐、浪漫、幻想的色彩感受，画完后感觉有些平庸。

• 根据乐曲《美好时光》的音乐感受调整画面的色彩，这是修改后的完成图。

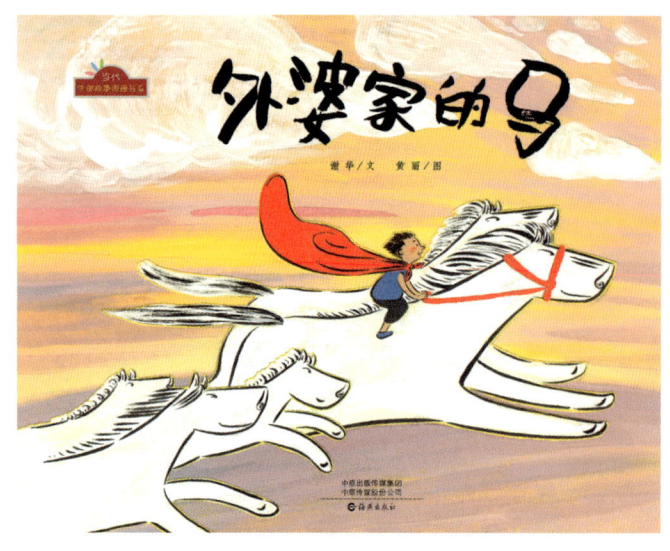

谢华，黄丽
《外婆家的马》
海燕出版社

创作的源泉。

在《外婆家的马》中有一个情节：小东西请外婆帮忙给20匹马过生日。文本内容是这样的：

> 问题是事情一开了头就没完了，先是黑马的生日，改天又说红马也要过生日了，再接下来是咖啡色的马……
> 外婆小小的屋子真要让这些马闹到天上去了。

在整本书里，这一页的画面看上去好像与文字内容脱节了。在画这一页时，看到文本，我就想起了自己的生活。在我儿子小的时候，因为工作很忙，我常常将儿子送到他的奶奶家。我时常回忆起我婆婆照料儿子生活的琐事。老人天天为孩子忙碌，我最真切的感受是，孩子的琐事就像一张网，将老人困在了里面。因此，我就在这一页的故事转折处，加入了这样的画面：借助阳台栏杆、门、阳光，以及床单、气球、书架，织成了一张网，"困"住了外婆。但这张网不是贬义的，它是一张"爱之网"，是老人对家人的爱。我将这张寓意"爱"的网设计成黄色，因为黄色本身具有爱的象征意义。

如此，这幅画面看似与故事的文字无关，但由于文字与画面形成的巨大张力，就将故事推向了高潮。这种主观性的表达，也令这个平凡朴实的生活故事有了意犹未尽的韵味。因为这一页，我也得到了一个体会：只有触动画家对生活的真实感受，绘画技巧才有用武之地。

《外婆家的马》这个故事，呈现的是当代中国社会普遍存在的儿童隔代养育的现象，它的视角落在老人与孩子既日常又智慧的相处方式上，讲述了一个关于爱与陪伴的永恒话题。出版一年多来，我陆续收到读者的反馈。许多外婆或奶奶、父母、孩子，三代读者都从这本书里"看见"了爱与陪伴，而这正是我想要的结果！我为自己的作品被肯定而感到欣喜，更体验到创作一本书的真正意义：真诚地体验生活，恰当地用绘画表达。这样的创作不在于你自己获得了什么，重要的是它能给读者带来什么。

结语

我尝试通过对图画书的研究和实践，来总结图画书色彩语言的规律和价值。这不仅仅在阐述我个人对色彩问题的认知，也是关乎创作者与阅读对象（儿童）之间关系的思考。

皮亚杰提出"儿童是一个建构者"的观点，指明了创作者要明确自己与阅读对象在图画书里的身份：创作者的工作是搭建，而阅读对象（儿童）的工作是建构。一本图画书的内容和主题，就是在创作者搭建了一个内在的情感通道后，儿童在阅读中一步步体验和建构起来的。而这个情感通道，是创作者运用精心设计的恰当的文字语言、画面构图语言、色彩语言、叙述方式、文图关系等图画书基础性语言建立起来的。

色彩语言的作用是为了完成搭建,其他图画书基础性语言的作用也是如此。不管如何努力创作,请一定要记得,拿起这本书阅读的人是儿童。❖

• 生活就像一张网,困住了外婆,这是我最初构思这页图画的来源。

• 最终完成图,因为这是一张"爱之网",所以色彩主观地运用了黄色。

在同一片天空下
——运用视觉技巧唤醒孩子的感知力

文／吉莉安·恩伯格
译／四月

玛格丽特·怀兹·布朗，
杰里·平克尼
《动物们的家》
森林鱼童书馆即将出版

美国著名童书作家玛格丽特·怀兹·布朗的《晚安，月亮》出版于1947年，而距此8年前，她曾撰写过一篇关于儿童如何通过感官协调来帮助自身形成世界观的文章——《为5岁的孩子写作》（Writing for Five-Year-Olds）。文章开篇这样写道："当一个孩子年满5岁的时候，他已经拥有了幼年时期的全部经验，开始探索眼前全新的世界。"另外，她认为经过最初几年的成长，5岁的孩子已经发展了自身能力，"他们自身拥有强烈的幽默感，对周围的环境也有着敏锐的洞察力，并用自己的眼睛和耳朵认真观察，保持嗅觉和触觉的敏锐，语言表达也趋于精细、生动且富有想象力……他所使用的词语第一次具备了力量感，能用它们去听和说，描述他这个5岁大的人所感知到的事物。"

布朗的这篇文章不仅体现出她对儿童与他们的成长所怀有的最深的敬意，还清晰地阐明了儿童从出生的那一刻起，就开始通过自身的感官来理解这个世界。增强感知力，运用语言来识别和表述这些感觉，是其健康成长过程中不可或缺的部分。

对孩子来说，图画书提供了一个绝佳的机会，帮助并鼓励他们促进自身感官的发展，而阅读有关天气内容的故事就是一个"好的开始"。因为这类故事不仅具备内在的戏剧张力，还会用到描述视觉和听觉的词汇。最好的有关日常天气的故事，包括雨、风、雪以及四季更迭，能为孩子们打下良好的基础。因为这样的故事可以让他们迅速与自身熟悉或亲身体验过的经历相联系，与此同时，也可以鼓励孩子们的想象力向外拓展，进入一个更广阔的、共享的世界。

风拂过的触感，雨水的气味，雪落的声音……如何在一本静止的二维图画书画面中唤醒读者对自然的感知，这对创作者来说是一项巨大的挑战。就像所有娴熟的诗人、艺术家一样，儿童图画书创作者依赖专业的技术训练及他们的天赋去打磨故事，以让作品成为表现多重感官体验的载体。

[话题]

以这两年颇受关注的《动物们的家》（A Home in the Barn）为例。这本书改编自被重新发现的玛格丽特·怀兹·布朗的手稿，由凯迪克奖画家杰里·平克尼（Jerry Pinkney）绘画，出版于2018年。我们来看看平克尼在这本书里是如何画"风"的。平克尼大面积的水彩画充分诠释了这个故事，填补了布朗充满韵律感、简洁朴实的语言所留下的空间：在一幅幅的对页图画中，我们能看到农场从秋天忽而转入冬天的场景变化；而动物们呢，从匆匆忙忙的老鼠到不停蹄的马儿，正在拥挤又舒适的谷仓里寻找一块栖息地。在书后的创作手记中，平克尼写道："（故事里）有两个辅助性角色——狂风和谷仓，我很清楚我最大的挑战是要让风可视化……我选择用随风舞动的叶子、轻微摆动的草丛、玉米秆和树来暗示风的存在。"

通过这种巧妙的艺术选择，平克尼给孩子们提供了很多可见的线索，帮助他们通过感官记忆在头脑中建构场景。孩子们可能从未去过如书中所描绘的农场，但他们很可能体验过偶然刮起的狂风，或者换季时让人脸颊和鼻头都冻得通红的刺骨寒风。他们可以主动唤起自身的感官记忆，让平克尼图画中的场景变得鲜活生动。

为美国著名童书作家夏洛特·佐罗托的《暴风雨中的孩子》一书绘制插图的画家玛格丽特·布罗伊·格雷厄姆（Margaret Bloy Graham），同样出色地运用了这种视觉技巧，将孩子们带入狂风大作的情境中。从充满戏剧性的书名页开始，只见阴云密布的天空下，高高的花茎被狂风吹得几乎倒在地上，线描与水彩并用的技法让画面布满感官线索，帮助孩子们想象场景、声音、气息，甚至如暴风雨正袭过乡间孩子的屋顶一样，能够品尝到风暴中特有的味道。在第一个对页中，太阳被描绘成一个色彩浓烈、饱和度极高的黄色圆球，照耀着由干燥的棕色与热脱色的墨绿组成的田野。然后，在下一幅跨页图中，场景中的一切都陷入了黑暗：天空中布满黑压压的乌云，田野被阴凉与灰暗的阴影所笼罩，一道刺眼的白色闪电穿过云霄直达天际线。

格雷厄姆凭《暴风雨中的孩子》的

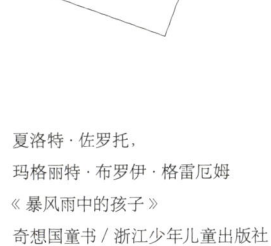

夏洛特·佐罗托，
玛格丽特·布罗伊·格雷厄姆
《暴风雨中的孩子》
奇想国童书／浙江少年儿童出版社

艺术创作获得了凯迪克奖，她以专业的绘画技巧拓展了佐罗托用文字所描述的内容，传递出她们独出心裁且真实可感的感官印象。相比于用"轰隆隆的雷声"这种陈词滥调将孩子强行拉入情境，佐罗托则采用了更直接、更有趣的方式重新创造自然界汹涌动荡的声音，并邀请读者一起加入其中："从山外的某个地方，隆隆隆——嗡嗡嗡——当当当——隆隆隆的雷声来了。"（And now from somewhere beyond the hill comes the great rolling rrrrrrrrrrrrmmmmmmmmmmmmmDDDDDDDDDDDDDDDRRRRRRRR of the thunder.）对孩子们来说，使用拟声词不仅能让故事充满大声朗读出来的乐趣，还赋予故事一种不可抗拒的魅力——吸引孩子发明新的拟声词来描述自己听到的声音。这种方式可以鼓励孩子们找到一种"刚好合适"的语言，来准确描述自己是怎样看待和感受这个世界的。

乔伊斯·西德曼（Joyce Sidman）是一位专为青少年创作的诗人，曾屡获殊荣。她认为，寻找"刚好合适"且有创意的方式来描述自身独特的感受，对孩子们来说是一件很容易的事情。在2009年《图书链接》（Book Links）5月刊的采访中，西德曼说："无论儿童对自身所具备的能力有着怎样的认识，他们都是天生的诗人。他们比成年人更为开放和诚实，有着活跃的想象力，更接近存在于童年时期的那种神奇的流动性，在这种流动性中，任何事物都可以变成其他东西——这本质上就是比喻的核心。"

乔伊斯·西德曼与插画家帕梅拉·扎格伦斯基（Pamela Zagarenski）合作的凯迪克奖图画书《红色音符在树梢：多彩的四季》，是诠释"神奇的流动性"的典型范例。西德曼在诗歌中描述了四季交替中的天气变化，其中色彩扮演着主要角色，而五感则在字里行间呈现：

绿色初来乍到，
害羞地躲在花骨朵后面，偷偷地往外瞧。
绿色，随着微风轻轻晃动。
绿色，从被雨淋湿的大树上落下。
亮闪闪、轻飘飘，缓缓地落在我的脚边。
像苔藓一样，软软的。
绿色从叶子上滑落，滴在小狗的鼻子上。
春天，
连雨水都是绿色的味道。

这些诗句有一种美妙的通感，混合着颜色（很多种不同的绿色）、味道、"像苔藓一样"软软的质感，还有雨水滴落的声响，一连串描述性的语言聚合在一起，创造出一个令人兴奋的春季雨天印象。孩子们可以从其他方式了解到雨是怎么形成的，怎样滋养植物，以及春日的温暖是怎样给新生命带来勃勃生机的。但是，西德曼提醒我们，诗歌能很好地"配合"科学，激发孩子们对自然界的好奇心："科学帮助我们了解宇宙非凡的运作方式，我们了解得越多，它看起来似乎就越神奇。"在《图书链接》的采访中，她又一次说道："诗歌可以体现那种神奇。优秀的诗歌利用我们与大自然产生的互动，也就是通过视觉、触觉、嗅觉感受到的瞬间，像一个加深我们对大

凯文·亨克斯
《等待》
启发文化 / 北京联合出版公司

自然理解的跳板,让我们看得更加细致入微。"

任何一本书都抱有这样一个美好的心愿:让我们看得更加细致入微。美国童书作家、画家凯文·亨克斯(Kevin Henkes,也译为凯文·汉克斯)的作品《等待》,展现了通过最简单的观察行为——观察变化莫测的天气,所获得的宁静而深邃的满足感。在窗台上,5个玩偶等待着它们喜爱的事情发生:小猪在等待雨,猫头鹰在等待月亮,小狗在等待雪,小熊在等待风,小兔子在等待什么呢?"它只是喜欢看着窗外,等待。"每个人都感到很满足,因为日夜交替与四季循环会让他们愿望成真。但是,只是望着窗外,他们也可以发现很多有趣而美妙的事情。在一幅明快的画面中,5个小玩偶一起观察云朵,这些云朵被亨克斯设计成玩偶们自己的样子。在这里,亨克斯变着花样地玩了不少理念,其中可能包括一个重磅提示:一个未经精心规划整理过的可以引人驻足、观察和想象的杂乱空间,能给儿童自我意识以及与外界建立连接两方面的成长都留有机会。

在美国教科书网(TeachingBooks.net)的采访中,亨克斯说,他试图在极简风格的画作中强调内部与外部世界的不同,这仅仅通过将画面聚焦于窗户、小玩偶和天气变化上表现出来。"经过多次试验后,我决定用棕色的墨水和水彩颜料去刻画那些待在窗棂前的小主人公们。"他说,"我用彩铅去画窗玻璃外面的风景。对我来说,这是一种对比方式……内部和外部,也是一种理念的呈现——窗户是通向其他事物或更遥远之处的入口。"

有三本关于雪的图画书也以窗户为开篇,作为通向"其他事物"的入口。但是与《等待》不同,这些故事里的角色走出了玻璃窗,进入到易受天气影响的外部世界。因此,发生在寒冷环境中的冒险变得更为重大,每本书中的小主人公都处于自己的成长关键期,而小读者们可以间接地从这些角色中找到他们自己的影子。

在尤里·舒利瓦茨(Uri Shulevitz)荣获1999年凯迪克奖的《下雪了》一书中,小男孩住在舒适温暖的公寓里,当他看到外面飘起一片雪花时,兴奋地叫道:"下雪了!"随着他和小狗冲出

尤里·舒利瓦茨
《下雪了》
麦克米伦世纪/二十一世纪出版社

飘呵,飘呵,从空中飘下来。　　　　　　　　　　　　落啊,落啊,落到每一处地方。

门外,这句简单的话开始在文本中重复出现。然而,步履匆匆、忙忙碌碌的大人都不认同他的说法,不管是留胡子的爷爷,还是自大浮夸的"戴帽子的男士",抑或是收音机和电视里的播音员。但是,小男孩继续着他的"快乐宣言",并且当他所坚信的最终得到证实时,他发现自己正身处于一座被飘雪所清空的城市里。小男孩独自站在城市的广场上,四周已被皑皑白雪所覆盖。他自由地探索着雪带给他的乐趣与感觉,并在雪天里恣意地放飞想象。

舒利瓦茨的这本大师级作品幽默感十足,特别是那些充满喜剧效果的大人桥段,让孩子们确信自己对外部世界的观察是真实可信的,带给孩子们无尽的享受。当小读者们看到那些令人反感的、整天瞎忙的大人们判断错误时,他们就会成为最有智慧的那个。而通过那些"逃往白雪琉璃世界"的幻想场景,舒利瓦茨展现了雪如何让我们熟悉的场所变成令人兴奋而惊奇的新世界。

1962年出版的《下雪天》,是艾兹拉·杰克·季兹颇受读者喜爱的凯迪克金奖作品,也是围绕雪所具备的"变化性力量"来展开,而且同样是以一个孩子望向窗外看天气为开篇。在纽约城贫民区的一间公寓里,彼得醒来后看着窗户外面:"昨天夜里下了一场雪。他一眼望去,到处都被雪盖住了。"很快,他穿上那件具有标志性意义的红色防雪服,来到外面的冰天雪地中,他的棕色皮肤与大片的白雪形成鲜明对比。季兹在描述引起彼得注意的事物时,唤起了所有感官的能动性:靴子发出来的"嘎喳、嘎喳、嘎喳"声;双脚踩过积雪时留下的一长串脚印;拖着木棍前行时留下的划痕;用身体做出雪天使的轮廓;从"雪山顶"一路滑下来的感觉。此外,最有趣的情节是,彼得用手团了个大雪球带回家,想要"留着明天再玩"。

如果儿童读者的年纪比彼得稍大一些,他们就会故意指出雪球的"命运"。但是,他们也能够体察彼得的悲伤——当彼得发现装雪球的口袋空了,变得湿漉漉,睡梦中的雪也全部融化掉的那一刻的心情。对彼得和小读者来说,在故事的结尾处,发现一场新的降雪,以及可能会有一次新的冒险,这是多么令人欣慰的事啊!在这本书的最后一个对页中,彼得和住在他家对面的朋友一起"跑进深深的雪地里"——两个小小的身影夹在两座高高的雪堆中间。前景中大片的、银光闪闪的、充满质感的雪花,帮助年幼的观赏者快速置身于这一场景,让

艾兹拉·杰克·季兹
《下雪天》
信谊 / 明天出版社

他们联想到现实中那些微小雪粒的形状，以及雪天里的寒冷，而所有这些被唤起的感觉，共同创造出了某种更为宏大的观感。在无垠的蓝天下，两个孩子向着远方的地平线走去——那是一个更为广阔开放的世界，等待着他们去想象、探索与梦想。

由加拿大籍图画书作家西德尼·史密斯（Sydney Smith）创作的《大大的城市，小小的你》（*Small in the City*），从始至终都没有出现明亮蔚蓝的天空。这本书同样是以一个孩子望向窗外的场景为起始，但在故事里，这个孩子并不是待在舒适的家里，而是在公交车上，透过车窗望着暴风雪来临前忙碌而昏暗的城市。史密斯在创作中保留了许多模棱两可的地方，书中并没有直接说出这个孩子为什么在暴风雪来临时独自外出，直到故事快结束的时候，读者才会知晓答案。

不管是文字还是图画，史密斯都极度精准地捕捉到了世界是如何通过"感观碎片"呈现在孩子们面前的，以及这些"碎片"是如何取代那些令人开心和好奇的部分，叠加起来以造成极大的困惑与感知上的负担："让你觉得脑子里被塞得很满。"大小各异的分镜图显示出这个孩子所接收到的外部信息：从鸣笛的车流到建筑物玻璃的映像，再到冬日午后渐趋昏暗的天光。当画面转到几乎抽象化的大雪纷飞的场景时，那个孩子在读者的视线中被模糊处理了，这个冬天的故事给孩子的认知留出了空间——不管是内在或是外在的暴风雪，都是普遍存在的。故事之外的孩子同样会经历沮丧、担心和孤独的时刻，即使他们早晚会发现，其实自己已经具备了勇气和力量。

和玛格丽特·怀兹·布朗一样，

本文提到的童书创作者都非常尊重孩子的内心世界。在美国国家公共广播电台的一次有关《等待》的采访中，凯文·亨克斯说："有时候……作为大人，我们总是认为……因为（孩子们）个子小小的，所以他们在各个方面都是弱小的——其实不是的。他们拥有强大的情感，也有一双大眼睛，他们会用心看，也会用心听……我觉得，作为成年人，我们总是会忘记这些。"

尽管孩子们并不需要被教导着学会用自身的感官去探索世界，但是图画书，特别是与天气相关的具有普遍性、戏剧性和感官体验的故事，能为他们创造一个神奇的空间，让孩子们停下来，倾听并认识在自己的身体里"活着"是一种怎样的感受。这个"体认"的过程鼓励他们提升语言表达的能力，也会激发他们在同一片天空下感知广阔世界的能力。❖

西德尼·史密斯
《大大的城市，小小的你》
奇想国童书即将出版

西德尼·史密斯
《大大的城市，小小的你》
奇想国童书即将出版

多莱尔夫妇：用石版艺术雕刻视觉世界

文／蒂莫西·扬
译／常妮

英格丽·莫特森·多莱尔（Ingri Mortensen d'Aulaire）和埃德加·佩林·多莱尔（Edgar Parin d'Aulaire）是20世纪最卓有成就的艺术家夫妇之一，他们携手致力于童书的文字创作与插图绘制工作。虽然他们的大部分书籍最初是以英语出版的，但这些作品至今已被翻译成汉语、日语、意大利语、挪威语、孟加拉语、缅甸语、印地语、罗马尼亚语以及其他语言。他们因诠释经典神话、民间故事以及美国著名人物的传记而闻名业界，其中《亚伯拉罕·林肯》（Abraham Lincoln）于1940年获得凯迪克金奖。他们的作品将故事与柔和的图画风格完美地融合在一起，而且很多图画都是通过劳动密集型的石版印刷工艺完成的。

他们俩都接受过专业的艺术表现手法的教育——英格丽在挪威学习，而埃德加在德国和意大利。20世纪20年代中期，他们在慕尼黑相遇，然后携手前往美国，在那里从事肖像绘画和书籍插图的工作。他们卓越的才华引起了当时在童书界颇具影响力的书评人、时任纽约公共图书馆儿童服务主管的安妮·卡罗尔·摩尔（Anne Carroll Moore）的注意，她鼓励他们要为更年幼的读者创作图书。多莱尔夫妇首次合力为儿童读者创作的童书是《魔毯》（The Magic Rug），1931年由美国双日出版社（Doubleday）出版。在之后的20年里，多莱尔夫妇大约每年出版一本书。不过，20世纪50年代末至60年代期间，他们的出书进程有所延缓，因为他们投入了更多时间去研究和创作那些重述世界各地神话传说和民间故事的书。夫妇二人搬到了美国康涅狄格州的威尔顿，在家中的工作室里为他们的新书创作文字和插图，并开始慢慢培养他们的两个儿子——奥拉和佩尔，参与到为书籍插图进行石版印刷分色的工作中。

对任何一位从事童书插画工作的艺术家来说，发展一种独特的风格都是极其重要的，比如，许多读者一眼就能认出苏斯博士（Dr. Seuss）或莫里斯·桑达克的作品。然而，很少有艺术家的风格与技巧能够如此紧密地联系在一起。多莱尔夫妇在20世纪50年代末之前出版的所有书，都是在德国石灰岩石版上完成全部原始的印版设计，他们对自己的图画全权负责，包括从最开始的概念形成到最后印刷成品之前的所有工序，仅把最终印刷到纸张上的操作交给别人。这种对工作"亲力亲为"的管理，保证了读者所阅读到的出版物尽可能地体现了他们最初的设想。

平版印刷（石印）是一种相对现代化的印刷技术，于18世纪末在德国发明。虽然这一过程可以参照所涉及的化

• 1949–1950年，多莱尔夫妇在位于康涅狄格州威尔顿的工作室里，为《本杰明·富兰克林》（Benjamin Franklin）处理分色。

学原理进行详细解释,但从最基本的层面来说,平版印刷取决于油与水不能相溶这一事实。当使用蜡状物质在准备好的平整石料表面绘制图像时,油墨会附着在蜡状图像上,而不会附着在其他区域。这种印刷方式不同于另外两种最常用的复制图像的技术——凹版印刷和凸版印刷,因为平版印刷的印刷表面是平整的。这使得平版印刷能够呈现出其他印刷技术无法轻易达到的质感和风格。采用平版印刷的艺术家常常能如实地再现笔触的效果和微妙的细节,创造出与绘画极为相似的图像。主要的代价是平版印刷通常需要付出更多的劳力。在多莱尔夫妇的全彩插图中,由于需要准备非常多不同的石块,所需要的工作时间便增加了4倍。

一张留存下来的照片展示了多莱尔夫妇在家中工作室工作的情形,当时他们正在创作《本杰明·富兰克林》(出版于1950年)。照片里,英格丽坐在桌子前,埃德加斜倚在一块石头旁站着(很可能是为了方便摄影师拍摄)。他们都在用蜡笔作画,每块石头上绘制两页纸的内容。这张照片展现了画家惊人的天赋,我们可以看到,多莱尔夫妇都是原始图像的创造者,他们对于要将原始图像的哪些部分转移到正在加工的石头上这一环节胸有成竹(这取决于这些特定的图画细节是否需要用黑色、红色、黄色或是蓝色来再现,或者需要结合其他细节,呈现出更加复杂的颜色),而且他们必须要画出镜像的图画!在如今这个由数字技术驱动的时代,如此高强度的工作是令人难以想象的。事实上,多莱尔夫妇所采用的印刷方法在1950年就已经过时了,因为当时有了更加高效的技术来制作插图书籍的印刷版。但是,直到20世纪50年代末,多莱尔夫妇依然

• 《水牛比尔》(*Buffalo Bill*) 内页图

• 《水牛比尔》石版分色中的蓝色墨版

致力于他们所选择的艺术创作方式,并坚持使用石版印刷技术。

随着时间的推移,多莱尔夫妇的名声越来越大,他们的主要出版方——双日出版社,敦促他们采用一种更加灵便的方式制作图书印版。从20世纪50年代末直到20世纪70年代他们的职业生涯结束,多莱尔夫妇采用醋酸盐(一种在绢印中使用的柔性材料)制作主印刷图

· 《奥拉》中的纸娃娃

像。这项技术使得第一刷的流程大为简化，并使旧版书籍得以重印，而不需要重新组配那些笨重的石版——每块石头的重量大约都超过45公斤。多莱尔夫妇许多作品近期的重印版都采用了数字技术来印刷——主要是通过扫描色彩鲜明的原版书籍，然后对扫描结果进行颜色校正，既而印刷。虽然这种方法使多莱尔夫妇的作品得以持续地印刷出版，并在世界各地收获了更为广泛的读者，但新版本与石版印刷的原始版本之间至少缺失了一代读者，如果想要充分欣赏这项技术的美妙之处，我们有必要找到那些珍贵的原始版本看一看。

英格丽和埃德加都接受过正规的艺术教育，他们接触了历史上的各种不同风格，并追随过欧洲和美国现代主义艺术形式的兴起。但是，与使用现代画法创作童书而出名的许多同辈画家如雷欧纳德·威斯伽德（Leonard Weisgard）和H. A. 雷（H. A. Rey）不同，多莱尔夫妇始终保持着一种更传统的风格，这是为了使艺术表现形式与故事内容更加贴合，而不是为了刺激儿童读者的感官反应。或许，安妮·卡罗尔·摩尔正是被这种"守旧"的感觉所吸引，因为她曾大肆反对20世纪20年代至30年代在童书创作中兴起的前卫艺术的趋势。

要想更精确地界定多莱尔夫妇的插画风格，或许要感谢他们对民间故事和神话故事的共同热爱，这主要归功于英格丽和她在挪威的生活背景。埃德加辗转各地的成长经历使他接触到了许多传统文化，不过直到遇见英格丽，他才对民间传说和神话故事产生了更加浓厚的兴趣。他深深着迷于英格丽给他讲述的童年故事。他们最初出版的几本书中，有两本与挪威小孩的童年生活有关——《奥拉》（Ola）及《奥拉和布雷肯》（Ola & Blakken），还有一本挪威民间故事合集——《太阳之东和月亮之西》（East of the Sun and West of the Moon）。尽管《奥拉》与《奥拉和布雷肯》这两本书的故事是以当代为背景，但书中描绘的孩子们穿着传统的挪威服装，做着在20世纪30年代已属过时的事情。当许多童书作家和插画家都参与到创作现代化故事，以及为青少年读者介绍新美学这类广泛的项目之际，多莱尔夫妇仍坚持创作发生在人类历史长河中的过去的故事。他们创作的传记和历史故事，如《宝嘉康蒂》（Pocahontas）、

《水牛比尔》《本杰明·富兰克林》《亚伯拉罕·林肯》等,都以柔和的色彩为我们呈现了关于过去的"温柔的教训"。在当今的一些评论家看来,这些"教训"的呈现太过温和,以至于掩盖了一些充满艰难困苦的历史真相,比如奴隶制、美国土著居民等问题。

粉彩画是多莱尔夫妇的标志。明快的黄色、柔和的蓝色、有机的绿色、透气的黑色和灰色,点亮了人物、动物和风景。这样的"调色板"能使许多图像带有微光。在《宝嘉康蒂》的封面上,主角宝嘉康蒂翩翩起舞,背后似乎有光将她照亮,仿佛她就站在舞台上。正是因为多莱尔夫妇亲手制作石印版,所以对色彩组合保持了非凡的控制水准,这是石版印刷的一个重要特质。与预先简单地混合颜色或将颜色并置,让读者产生看到各种色彩的错觉这类印刷方法不同,石版印刷实际上能够建立一层又一层的颜色。蜡在石版印刷中的应用使艺术家能够创造纹理的效果。他们书中的许多图画都是有色点的,就好像颜料铺染在织物的表面。

英格丽和埃德加并不是当时唯一一对为儿童读者创作的夫妇。另外两对同时期的夫妇搭档,莫德和米斯卡·彼得沙姆(Maud and Miska Petersham),以及贝塔和埃尔默·哈德(Berta and Elmer Hader)都因各自的作品而闻名。彼得沙姆夫妇在1946年凭借《公鸡喔喔啼:美国经典童谣集》获得了凯迪克金奖;哈德夫妇凭借《大雪》于1949年获得了凯迪克金奖。这两本获奖作品呈现了一种共同的童年观,强调了孩子固有的天真和对世界天然的好奇;另一对较为年轻的夫妇是爱丽丝和马丁·普罗文森,其受欢迎程度可与多莱尔夫妇相媲美,他们的传记图画书《一次荣耀的飞行》于1984年获得了凯迪克金奖。

多莱尔夫妇和普罗文森夫妇创作道路的重合之处在于,他们都热衷于童书插图里的一个高度复杂而又永恒的主题——神话。几个世纪以来,希腊、罗马、挪威、印度、中国等国的诸神和

• 多莱尔夫妇与罗伯特·格雷夫斯

• 《太阳之东和月亮之西》结束页图画

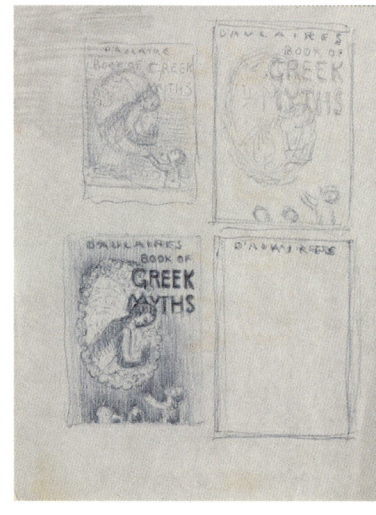

• 《多莱尔的希腊神话书》封面试稿（草图）

• 多莱尔夫妇的速写本

相关插图的娴熟处理取得了巨大的成功，例如，克罗诺斯吞掉了自己的孩子，宙斯娶了自己的姐姐，以及许多涉及死亡、暴力和性行为的情节，他们都处理得很有分寸。纵观1960年以来为儿童出版的关于希腊神话的两千多本英文书籍——如普罗文森夫妇、罗伯特·潘恩·沃伦（Robert Penn Warren）、露西·科茨（Lucy Coats）、雷克·莱尔顿（Rick Riordan）的作品，我们会发现，多莱尔夫妇作品的经久不衰是有原因的。

继这一巨大成功之后，他们又于1967年出版了《北欧诸神与巨人》（2005年再版时更名为《北欧神话》）。20世纪70年代，他们又出版了两本取材于斯堪的纳维亚民间故事以及英格丽的童年生活的作品：其一是《巨魔》，其二是《可怕的巨魔鸟》——这本书是对1933年出版的《奥拉和布雷肯》的重新演绎，书中增加了新的内容和更新后的插图。这两本书延展了多莱尔夫妇风格的演变，他们保持了与以往一致的色调搭配，同时又用一种更松散的方式，以

创世的故事，一直都为老少读者津津乐道。然而，许多残酷的故事细节和过于成人的主题在改编成适合儿童阅读的内容时，都会面临着特殊的挑战。在多莱尔夫妇所有的项目中，《多莱尔的希腊神话书》的准备工作是最为复杂的。夫妇二人曾前往希腊参观历史古迹以寻找灵感，一边旅行，一边做笔记、画素描。在耶鲁大学拜内克图书馆的档案中，收藏有英国著名诗人罗伯特·格雷夫斯（Robert Graves）写给他们的信，罗伯特在信里给他们提供了一些建议，告诉他们如何将神话改编为适合儿童阅读的最佳版本。

经过4年的研究、准备、写作和绘画，这本书终于在1962年问世，并成为经典之作。多莱尔夫妇对文本内容和

近似《纽约客》资深艺术家爱德华·科伦（Edward Koren）的漫画风格，来绘制毛发蓬乱的角色。

在近50年的职业生涯中，多莱尔夫妇的艺术表现形式也在其他方面发生着改变。他们早期作品中的人物，无论是小孩、动物，还是历史上的英雄人物，都是极其友好的。甚至他们笔下强大的超自然生物，如在《太阳之东和月亮之西》里，都是静态的，且毫无威胁性。这些早期书籍的创作与《多莱尔的希腊神话书》的出版间隔长达4年的时间，或许这可以看作他们职业生涯进入第二阶段的标志。在接下来的20年的职业生涯中，他们笔下的诸神和野兽比之前创作的任何形象都更有动感、活力、强度和电影感。

多莱尔夫妇的"调色板"也发生了戏剧性的变化，从温柔的粉彩演变到更加明亮而坚定的颜色。黄色、橙色和红色闪闪发光，而蓝色和绿色的饱和度极高。这种视觉冲击的增强发生在多莱尔夫妇终于从石版印刷转向醋酸盐分色印刷工艺的时候。或许是新技术为他们开辟了新的选择，也可能是因为这两位艺术家在日渐成熟的过程中给了自己更多自由发挥的空间，开始集中精力重新讲述随心所欲且不受约束的爱情、欲望、战争和死亡的故事。

少儿文学的真相之一便是激情高涨——也许没有表现在书页上，而是在读者的记忆中。一个人要么熟记一本书，要么从未听说过它。多莱尔夫妇的作品之所以能够流传至今，很大程度上要归功于几代成年人的奉献精神：当他们第一次读到这些书的时候，就爱上了这些书，并且在几十年后仍然记得它们。从20世纪儿童文学发展的广阔视野来看，多莱尔夫妇的很多作品都古雅而略显过时。然而，他们的神话和奇幻作品经久流传，并一直被再版和传阅——尽管一些才华横溢的新人创作了这些故事的各种新版本。也许是受到后来他们创作的人物形象的启发，多莱尔夫妇在创作生涯的中后期给了自己更多自由，去打破自己原本的"调色板"，扩展新的图画风格，这同时帮助他们吸引了世界各地更广泛的读者。◆

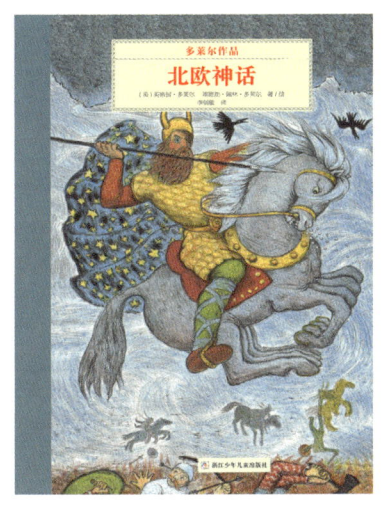

埃德加·佩林·多莱尔，
英格丽·莫特森·多莱尔
《北欧神话》
奇想国童书 / 浙江少年儿童出版社

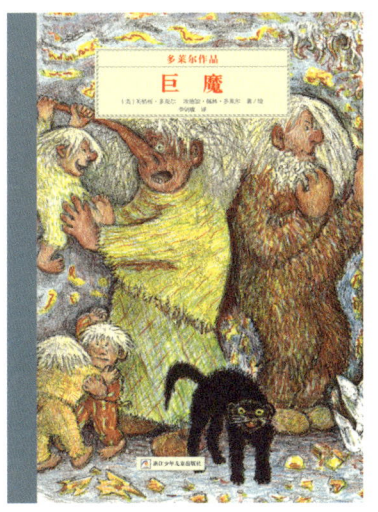

埃德加·佩林·多莱尔，
英格丽·莫特森·多莱尔
《巨魔》
奇想国童书 / 浙江少年儿童出版社

埃德加·佩林·多莱尔，
英格丽·莫特森·多莱尔
《可怕的巨魔鸟》
奇想国童书 / 浙江少年儿童出版社

在高高的树上，他们看到一只巨鸟正用邪恶的眼神盯着他们。

被"冒犯"的读者
——幼儿园阅读活动观察

文／孙莉莉

高畠那生
《印度豹大甩卖》
河马童书／北京联合出版公司

当我想到一个尚不识字的年幼读者在面对一本图画书和一个讲故事的人时（大多数时候，在他/她身边还有一群同样等待听故事的伙伴），我的头脑中就会冒出一个奇怪的字眼——被"冒犯"的读者。这个词可能始于某一种愤愤不平的情绪，而这种情绪则来自我对幼儿园图画书教学的观察。

图画书，也多被称为"绘本"，其主要特征便是通过图像进行叙事，表达意义。无论是先有故事文本再配以图画的创作，还是图文作者一体或只以图像叙事为主（无字书）的创作，都隐含着一个前提：图画可以大部分甚至完全地表达作者的想法，以获得尚不识字的读者的理解。而图画表达的多义性更甚文字，因此很多图画书在创作时，即使没有故意为读者创造建构多种意义的可能性，也会很宽容地允许歧义的存在。正是这种图文共同表达意义的体裁特质，为年幼儿童提供了一种更为崭新而自由的阅读体验，也对成人和幼儿的共读提出了从目的到形式再到评价标准的挑战。而我们目前需要的，正是对这种挑战的思考。

我之所以会想到"冒犯"这个词，可能是因为我对幼儿的阅读充满了惊叹。他们似乎总能在图文之间发现成人没有注意到或者没有意识到的问题，而这些问题又似乎直接指向了故事的核心价值。在一次和5岁的孩子共读《印度豹大甩卖》的过程中，孩子的提问让我不得不重新审视成人对这本书的理解。

《印度豹大甩卖》讲的是一只在路边小店卖货的印度豹，正因生意惨淡而无所事事的时候，迎来了一位奇怪的顾客，顾客要买的是印度豹身上的黑点。印度豹心想，既然有人买，那就卖吧。于是他把自己身上的黑点卖给了顾客。失去了黑点的印度豹面对自己身上的空白有点儿失落，于是用彩色笔给每一个空白处填上了颜色，成了一只炫酷的印度豹。这下子，路过的客人都被这只与众不同的印度豹所吸引，他店里那些平淡无奇的商品也被一扫而光。生意兴隆的印度豹再次遇到了奇怪的买家，这次她要买的是印度豹身上的黄色。印度豹依然觉得，既然有人要买，那就卖吧！于是他把黄色也卖给了顾客，自己则只剩下白色的底色和彩色点点。印度豹觉得这样有点儿丢人，于是用店里仅剩的贴纸贴满了全身。第二天，印度豹的店里生意转型，开始专门经营贴纸。

这看起来是一则商业寓言，又对商品社会的买卖行为、商业炒作、市场气氛、购物心理等有所映射。在成人读者的眼中，这个故事似乎可以找到很多解

[话 题]

读的面向,可以探讨到相当的深度。但是,幼儿读者给出了自己的解释:

"这只印度豹是人扮演的,因为真正的豹子是不可能把黑点和颜色卖给别人的。"

"这只印度豹就是人,他穿着印度豹的卡通外套,就像商场里的人偶一样。因为他旁边都是人,只有他是动物,这不可能的。"

"那个人真奇怪,商店里明明有豹子花纹的大衣卖,她为什么还要买印度豹的颜色和点点呢?"

"印度豹把黄色和点点卖出去,它就不是印度豹了,它觉得很丢人,就像没穿衣服一样丢人,所以它才在身上贴贴纸的。"

从这些谈话中我们可以看出,幼儿读者讨论的是"身份"问题。印度豹之所以是印度豹,是因为他有黄色的皮毛和黑色的斑点,这让他即使在人类的商品世界里贩卖纪念品也可以是印度豹,他可以直立行走,可以和人说话,但是他不能失去自己身份的标志。一旦他可以贩卖自己的身份特质,最值得怀疑的就是他的身份。

但是,幼儿对这本书直接指向核心问题的解读,并没有在幼儿园的课堂上被识别出来,我接下来看到的阅读讨论和拓展活动走向了如何用贴纸装饰出炫酷感觉的艺术作品、模拟摆摊贩卖物品等幼儿园常见的"游戏活动"。

这就是让我产生"冒犯"感受的源头——幼儿读者对于作品独到而又深刻的感受和理解,被一种常规性的教学惯性所冲淡或转移,而一个真正属于读者的感受,以及可以由此延展开来的更富于建设性的谈话却不见了。这种对幼儿读者的冒犯,源自哪里呢?

美国学前教育专家、作家薇薇安·嘉辛·佩利(Vivian Gussin Paley)在她的著作中描述了大量幼儿阅读文学作品后的讨论,其中令我印象最为深刻的,恐怕就是她对于李欧·李奥尼的作品《蒂科与金翅膀》所引发的幼儿读者反应的持续探究了。

在她比较早期的《沃利的故事:幼儿园里的对话》一书中,她发现孩子们对于蒂科的反应既不是她所预期的施以同情,也不是对蒂科受到伙伴们排挤感到气愤,大多数孩子们反而认为蒂科不应该乞求有一对金翅膀,或者许愿鸟不该给蒂科一对金翅膀。因为正是这种超越了公平的赐予,让蒂科陷入了困境。佩利认为蒂科不是一个墨守成规的人,而孩子们则认为他是团体的威胁。

孩子们的理解让佩利陷入困惑,她最开始认为,蒂科失去金羽毛来讨好同伴,最后成为一只普通的乌鸦,是作者在表达一种无奈;但当她看到孩子们因为这个终于达到公平的结局而如释重负时,意识到"这位作家支持这个同龄群

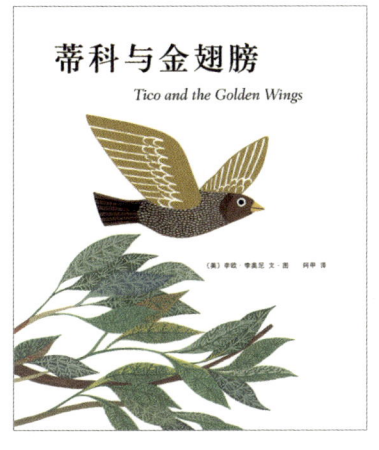

李欧·李奥尼
《蒂科与金翅膀》
爱心树童书 / 南海出版公司

李欧·李奥尼
《蒂科与金翅膀》
爱心树童书 / 南海出版公司

体的观点"。佩利在幼儿的阅读感受中学到了年幼的孩子需要的是公平,所有令他们产生嫉妒情绪的行为或人,都会被他们定义为"坏"。幼儿对自身身份确立的要求,和对团体间人际关系的需求,决定了他们对一个文学作品的理解。

然而故事并没有就此结束,佩利继续关注着孩子们对《蒂科与金翅膀》的反应。幼儿读者对一部作品的反应,往往不是在阅读之后就结束了,他们会在自己的幻想游戏、自编故事,甚至日常交往中,不断提及那些令他们印象深刻的作品和角色,并通过扮演或者导演这些角色和情节,进一步建构对作品的理解。可以说,作品的意义建构是一个持续甚至后置的过程。

大概在发生讨论的一周后,沃利编了一个故事:"有一只鸟,名叫蒂科。他的教母说:'如果你杀死巨人,我会给你金翅膀。'然后他就等到巨人睡着了,砍掉了他的头。然后他抓了会生金蛋的母鸡,然后神仙给了他金翅膀。"在这个故事的后续演绎中,没有人再觉得蒂科的金翅膀碍眼,让人心生嫉妒。因为蒂科得到金翅膀的前提是他杀死了巨人。他成了英雄,他的愿望就应该实现,他可以得到奖赏,这是公平的。

另一个叫莉萨的女孩,也说了一个新故事:"有一只长着黑翅膀的鸟叫蒂科,他梦到一只许愿鸟。'我想要金色的翅膀。''你要做我的朋友吗?那样你就会有金色的翅膀。''好,我当你的朋友。'于是他就有了金色的翅膀。"这个故事也得到了同伴的认可,因为蒂科获得金翅膀有了正当的理由——"为了友谊,他可以保留他的金翅膀。"

虽然这样的讨论让佩利意识到,幼儿读者和成人读者在欣赏一部文学作品时势必有着不同的视角和理解,但其中巨大的差异仍让她耿耿于怀,以至于在她从教生涯的最后一年,因为班里的一位黑人女孩瑞妮对于李欧·李奥尼无比的热情,《蒂科与金翅膀》的话题又被重新提出来讨论(这个故事被记录在《共读绘本的一年》中)。和以往一样,孩子们无一例外地站在了蒂科无情的伙伴那一边，他们和佩利以往带过的班级中的孩子们一样，仍旧认为"是他使人嫉妒，他不该拥有金翅膀"。于是佩利求助于瑞妮，她认为一向有着独立见解，并且拒绝被他人融合的黑人女孩瑞妮可能会有不一样的解释。瑞妮经过认真思考后，对她说："我的意思是他当然可以这么希望（既拥有金翅膀，同时又拥有朋友）……可是如果他的朋友们不喜欢，就不行。不然，他会变得很孤独。"佩利理解了瑞妮的解释，这个黑人女孩相信，蒂科想拥有金翅膀并没有错，他为此感到骄傲也没错，但是，他为了获得朋友的接纳，就必须调整自己，这是他必须面对的选择。蒂科所做的并不是值得悲哀的事情，那是他自己的决定。

终于，佩利在即将结束自己的从教生涯时，理解了"公平"对于幼儿的巨大价值，也理解了幼儿读者在解读一部作品时所关涉的"自身经验"究竟是什么。那不是我们一般所强调的知道某种事实的相关经验，比如是否知道乌鸦作为鸟类的属性、羽毛的颜色，或者其他什么所谓的科学知识。他们更需要的自身经验，是那些真的与他们"自我建立"有关的感受。当我们忽略掉这种"原有经验"的时候，我们可能就在"冒犯"这些年幼的读者。

这让我想到另一场发生在幼儿园里的阅读活动——老师带着5岁左右的孩子阅读《小老虎的花衣服》。故事讲的是一只小老虎出门去郊游，在路上遇到了很多需要帮助的小动物，于是他把自己身上的条纹摘下来，给他们修补好爬树的梯子、过河的桥、过马路的斑马线，还有破洞的房顶和船。一路下来，小老虎失去了他所有的条纹，回到家时已经面目全非了。这时，他感到疲惫和寒冷，翻来覆去地睡不着。第二天早晨，他收到了一个大盒子，上面写着"给小老虎卡勒，你的朋友们"，里面装的是小老虎帮助过的小动物们身上的各色花纹，小老虎把它们装饰在自己身上时，他成了"世界上最美丽、最幸福的小老虎"。

幼儿园老师很容易把这本书解读为"助人为乐"和"好人有好报"的故事，这当然也没错，但孩子们关注的重

亚斯敏·谢弗
《小老虎的花衣服》
蒲蒲兰绘本馆 / 新世界出版社

亚斯敏·谢弗
《小老虎的花衣服》
蒲蒲兰绘本馆 / 新世界出版社

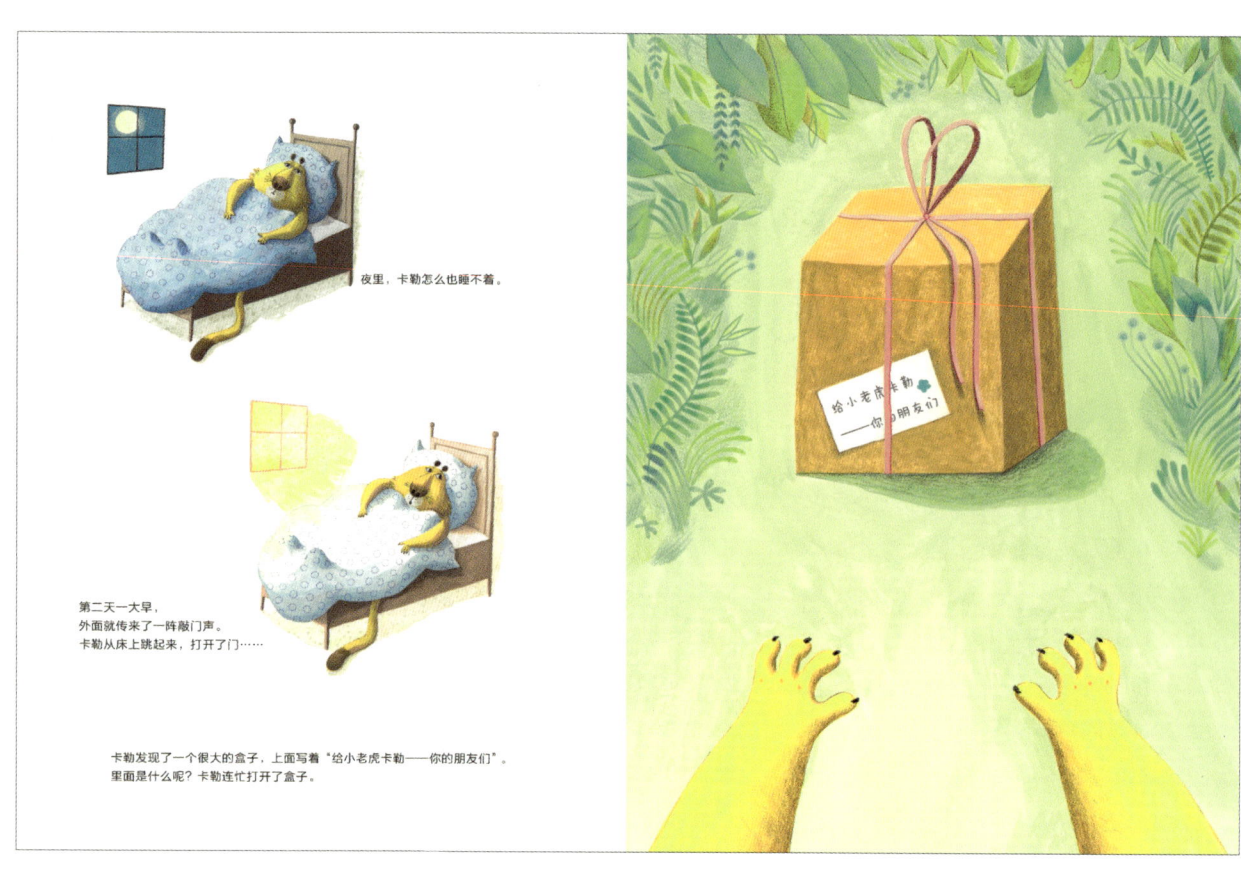

亚斯敏·谢弗
《小老虎的花衣服》
蒲蒲兰绘本馆 / 新世界出版社

点却出乎老师的意料。他们关心的是：小老虎的花纹怎么可能摘下来呢？他的条纹真的可以做那些事情吗？那些动物为什么不自己想办法解决困难？他们接受了小老虎的条纹，小老虎多可怜啊！也有孩子表示，如果条纹能让小老虎有很多朋友，那么他失去条纹也是可以接受的，毕竟，和没有条纹比起来，没有朋友更加可怜。当孩子们看到小老虎最后得到了各色各样的花纹时，他们对来自"朋友"的回馈感到安心。而之前被老师视为一种挑战的提问——小老虎很可怜，他不应该因为帮助别人而失去自己的花纹——在这里就因为圆满的结局而烟消云散了。可是，这个关涉到自我认同、自我和群体的关系、交换权利获得友谊的话题，似乎和佩利遇到的《蒂科与金翅膀》在孩子们中引发的讨论十分相似，只是没有被教师识别并加以深入探讨。这也可以说是我理解的一种"冒犯"。

年幼的读者，不得不因为站在文本世界之外而处于一种双重意义建构的场域中。文本在他们理解的意义之外，还有成人世界附加于其上的意义；故事在他们所感受到的情绪之外，还有成人期待他们表达出来的情绪；他们投入其中的故事所发生的场景之外，还有一个要与老师、父母或其他同伴相呼应的外在场景。在这样双重意义的现场，他们的思想如果可以通过持续的对话得以清晰地表达，两个场域则可以达到协调统一。但如果他们没有足够的时间和权利表达，这两个场域就会变成因为彼此封闭而成为压迫他们理解的重压，于是就出现了我所感受到的"冒犯"。

在我看来，将成人的理解强加给幼儿是一种"冒犯"；忽略幼儿的感受，急于过渡到成人事先安排好的结论和活动中也是一种"冒犯"。这种被"冒犯"

的感觉，无论是在幼儿园的教室里，还是在家庭亲子一对一的阅读环境中，都时有发生。这也许源于我们对于儿童阅读理解的无知，以及成人自以为是的傲慢和基于此的"教学心态"。似乎我们掌握着一个文本的终极解释权，我们有责任、有义务，也有能力把这个终极答案教给幼儿，才能完成一本书的阅读。但是，正如本文最初所说的，图画书的图文形式，本意就在于打破这种理解的单一性和对文字阅读者的霸权——它用尽浑身解数，想要给以图画为主要信息获取途径的小读者一个自由呼吸、自由理解的缺口，而不必仅仅依赖于成人的解释。孩子们总是在图画中寻找蛛丝马迹来帮助自己理解角色和事件，并且用自己有限的生命经验与之贴合，对角色和事件进行解释，从而创造出一个故事。

曾经担任过幼儿园教师的美国儿童文学专家劳伦斯·赛普（L.R.Sipe）在他的著作《故事时间：教室内的儿童文学理解》（*Storytime: Young Children's Literary Understanding in the Classroom*）中提出，年幼儿童（3－8岁）理解文学的5种典型反应包括：分析的（analytical）、互文性的（intertextual）、个性化的（personal）、透明的（transparent）和表演性的（performative）。"分析"包括儿童对文本语词结构和意义、叙事结构特征、叙事元素、书籍的制作特征所引发的讨论；"互文"指的是幼儿对图画书内容与其他文学形式，包括影视作品、周边产品等的关联；"个性化"是指孩子们将自己的经历与文本联系起来的反应。在这里要着重强调的是，赛普认为这种"个人反应"是"在教室里经常被低估的谈话，因为它可能看起来很不正确"，而这正与我们前面所讨论的主旨相关。我们对"原有经验"的理解，往往限于有助于理解故事情节和意义的那些事实层面的知识，而忽略让孩子思考："故事如何影响我们，感动我们，让我们感到愉悦或悲伤，即使我们并没有经历过故事中那些看似琐碎的人际关系。这些故事是如何让我们联想起自己的生活呢？""透明"是指孩子们将自己置于故事的叙述之中，这样故事和孩子的生活"在一瞬间就融合在一起，彼此都是透明的"。最后一项"表演"是指幼儿的阅读理解往往是由观众驱动的，是孩子们利用（甚至颠覆）文本作为他们自发的游戏活动的反应。赛普将他所观察到的幼儿在教室内阅读文学作品的反应解释为受三种冲动驱使，包括：掌握文本信息的愿望，将文本与自己的精神世界相关联的个性化愿望，以及审美和创造性表达的愿望。

在赛普对儿童的文学理解的解释框架下，我们看到的是研究者对于儿童为自己的理解而阅读时，向传统课堂和传统的成人与儿童关系提出的挑战，这也是图画书特有的图文形式助力下的挑战。赛普归纳的儿童对图画书理解的解释框架，显然是基于读者反应理论的思考，这与当下中国学前教育回归学习者的改革方向有着异曲同工之意。在"以教定学"到"以学定教"的教学取向转变中，教师、学习者、学习对象（文本）之间的关系发生了改变。教师的任务不再是把一个有着固定解释的文本展示给学习者，并要求学习者获得一致的理解，而是应学习者的需要和兴趣，选择适合他们的阅读文本，并且期待他们能够对文本作出独特且具有个性的、多样化的解释。学习者在文本面前获得了更大的决定权，包括选择权、解释权、质疑权，以及对他人的观点发表看法的权利。这种理念的进步，教、学关系的转变，强烈地呼吁着新的教学形式出现。

一所以"倾听、观察、追随幼儿"作为核心教育主张的幼儿园，正尝试着用一种新的方式来创设幼儿的阅读场域。老师把一些新书放到幼儿园班级的阅读区域，给予幼儿充足的时间请他们随意翻阅，并且在旁边记录下他们翻阅时提出的问题、自言自语和彼此间的对话。在记录中，老师发现，如同赛普所观察到的那样，孩子们会倾向于努力收集和整理文本信息，为自己提供解释文本的依据；将文本内容与自身进行关联，从而做出对意义和价值的判断；做出审美批评，并因此影响自己阅读的意愿。

当老师请他们选出自己最想请老师讲读的书，并且说明理由时，孩子们很快票选出来，并根据得票数排列了讲读的优先顺序。孩子们给出的理由很多，例如：这个看起来很搞笑；这个故事我喜欢；这个封面看起来有点儿可怕，我就喜欢可怕的故事；这个封面我没看懂，我想知道里面讲了什么故事；这只小猫很可爱，我想听它的故事……对老师而言，这些信息不仅验证了赛普的理论，更提供了理解幼儿园阅读趣味的重要信息。而在后续的逐本阅读中，老师依旧把倾听和收集幼儿的问题当作重要工作，把以往单向的教师讲图文为主，或者教师引导幼儿观看教师认为重要的画面信息为主，改为以幼儿观看图画、提出问题为主。教师用图画书的文字和图画，以及自己对图画书的理解来回应幼儿的提问，或鼓励幼儿之间进行持续的讨论。教师依然可以是提出问题的人，但更多时候，幼儿读者才是不断通过提问来建构意义的人。

老师记录了这样一个场景：跳跳拿着《我的神奇马桶》坐了下来，晨晨拿着《小粽子，小粽子》坐在他旁边，翻到各种各样的马桶那一页时，跳跳说："有火箭马桶！有河马马桶！有滑滑梯马桶！哈哈哈哈！"他的声音很大，晨晨也探过头来看。看到"马桶森林"这一页的时候，跳跳指着画面说："你看，这么多这么多马桶。"他更大声地说："还有马桶杯子！"他一个一个指过去，柯

铃木典丈
《我的神奇马桶》
蒲公英童书馆/贵州人民出版社

柯也走过来，坐在他的旁边一起看这本书。老师也被吸引过来加入他们的行列，问他说："你觉得这本书里什么最好玩啊？"跳跳说："里面有马桶车，马桶还很高。老师，为什么他们坐马桶还要脱鞋子？"老师说："我也不知道，和我们平时不一样，是吗？"晨晨说："老师，我看的小粽子书也很好玩。"老师问："怎么好玩了，说说看？"晨晨说："小粽子都没有皮了。"跳跳说："皮就是它的衣服，剥了就可以吃了。"

在这样的教学场景中，我那种"被冒犯的读者"的强烈感觉终于得到了纾解，因为我看到了读者对文本积极主动的探索，看到了读者在两个阅读场域间自由游走。我看到了一个原本完整的图文故事，在幼儿读者以图为主的阅读下，根据幼儿现有的、独特的、具象的经验被问题化、碎片化拆解，但又随着持续的对话被重新组织建构。此时的图画书恰恰回到了其图文共同构建的多义性本质，固定而唯一的意义在对话中被消解，又被不断地重新建立。

回归儿童、回归学习者是中国幼儿教育当前的追求。无论是图画书的文学阅读，还是其他幼儿需要的学习经验，都在努力摆脱原有的以成人传授或集体授课为主、整齐划一行动的思维模式。幼儿被视为有能力、有个性、主动探究的行动个体，在自己的学习历程中发出声音，越来越成为教育者的共识。然而，"耐心倾听、积极追随"依旧是我们稀缺的教育品质。毕竟，想要不"冒犯"一个真正的读者，我们需要的不是说得更多，而是听得更多，并且能够听懂他们的声音，识别他们的意图，为他们创造持续提问和对话的机会。这正是未来幼儿园与图画书、文学阅读，乃至各种学习经验相关的教学活动最应该去思考的教学形式的变革方向。而那些年幼的、很容易被"冒犯"的读者们，有权利享受"真正的"阅读，无论是在教室里，还是在家庭中。◆

卷儿
《小粽子，小粽子》
蒲蒲兰绘本馆 / 连环画出版社

卷儿
《小粽子，小粽子》
蒲蒲兰绘本馆 / 连环画出版社

一个故事结束，
另一个故事才能开始

——与苏菲·布莱科尔聊孩子对复杂情感的理解

文／陈赛

我很喜欢一个词："流金岁月"。这个词在我脑袋里最经常激发的意象是：一个冬日的午后，夕阳映照在一片平静的湖面上，像铺了一层细细碎碎的金子，冷风一吹，湖面上就有一种斑驳流动的效果。那就是我对岁月的感觉，逝水匆匆，一言难尽的惆怅。

就像我读到《小熊维尼》的最后一章，克里斯托弗要离开百亩园了，他隐隐觉得他的世界要发生变化，而且也许未必会变得更好。

然后，他和维尼之间有一段非常令人酸楚的对话——

"维尼？"
"是的，克里斯托弗。"
"我不会再做没用的事情了。"
"永远吗？"
"不会那么多了，他们不让。"

维尼并不真正理解这句话的意思。他不知道克里斯托弗是在跟他道别，他也不知道，这种分别意味着他的死亡，毕竟，他只活在克里斯托弗的想象里。

那一刻，我同样感到一种酸楚，我的孩子渐渐长大了，一部分的他也在消失，或者说，只能永远留在过去，那何尝不是另一种形式的"死亡"？

疫情期间，我一直在想一个问题：怎么让孩子理解"变化"这件事？按照心理学的理论，一个孩子体验时间的方式与成年人是不一样的。对成年人来说，时间像一支箭，始终指向一个方向；而孩子们的时间像一个圆圈，既没有来处，也没有目标，所以他们的时间过得更慢，对于世界的体验也比我们更新奇、更丰富。但是，总有一天，那个时间之环会崩开裂口，他们会意识到岁月流逝的方向无可更改。突如其来也好，不知不觉也罢，他们的生活会发生一些根本性的变化，比如搬家、上学、失去祖父母，甚至像全球性疫情这样的事发生……

这些变故，既非他们所愿，也非他们所能理解。这种时候，我们要如何解释，如何安慰，如何让他们明白，这个世界有不幸、有疾苦、有黑暗——有时候，不好的事情会发生；有时候，失去了就再也无法复得；有时候，你必须让一个故事结束，才能让另一个故事开始。

不止一位图画书创作者告诉过我，要对孩子理解复杂情感的能力抱有最大的尊重。他们或许没有丰富的词汇和语言来表达自己的感受，但并不代表他们感受不到那些情感，或者无法理解其中的意义。

2019年，《你好灯塔》的作者苏菲·布莱科尔（Sophie Blackall）来北京，我对她做过一次采访。当我们聊到她创作这本书的动机时，她说：这本书是她在自己人生的漩涡中画的。最近几年，美国的政治气氛很糟糕，感觉这个世界上有很多不好的事情正在发生——战争、冲突、分裂、分歧，所以她躲在画室里，一笔一笔地勾画海浪的形状和颜色，这给了她莫大的安慰。

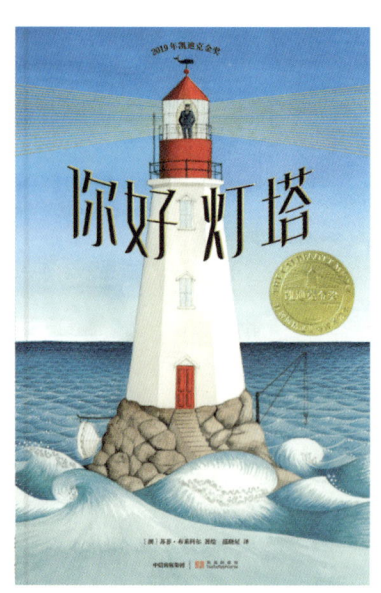

苏菲·布莱科尔
《你好灯塔》
中信出版集团

[聚 焦]

她独自在灯塔里住了5天，观察大海在不同的时间和天气下有多么不一样。从小在海边长大的她，喜欢以各种方式描画大海：雨中的大海、雾中的大海、阳光下的大海、冰封的大海……

形状、颜色、光线，每一朵海浪在每个时刻都不一样。从微微涟漪，到滔天巨浪；从靛蓝、灰蓝、草绿、墨绿、雪白、玄青，到晚霞掩映的褚红色……但灯塔总是一样的——白色的塔身、红色的塔顶、青冷的垒石堆，以及从房间映照出的明黄色灯光。

这所有的一切都呈现在《你好灯塔》一书中。每翻开一页，你都能看到灯塔总是高高地伫立在左边同样的位置，而右侧页是风霜雨雪，以及不断变化的环境。变与不变之间，是茫茫大海中央的一点儿人间烟火，其中甚至不乏戏剧性的小高潮，比如一场营救、一次婚姻、一场疾病、一次出生，以及一只鲸鱼的造访。住在灯塔里的人跟我们一样，要经历生与死、悲与喜、爱与失落。

在这本书里，你会发现很多圆形的构图。灯塔内部是圆的，房间也是圆的，而且，这些圆形在不断扩大。守塔人初到灯塔独自生活时，圆形很小；他给妻子写信时，圆形逐渐扩大；到他的妻子生孩子时，圆形已经占据了整个画面。

圆是一种隐喻，象征着天地万物的循环，无论海洋、天气还是生命，都是无尽的循环。

灯塔，当然也是一种隐喻，可以象征很多东西，比如孤独，比如指引，比如希望，比如依靠——当风暴来临时，茫茫大海上，仍有灯塔可以依靠。

苏菲·布莱科尔
《你好灯塔》
中信出版集团

苏菲·布莱科尔
《你好灯塔》
中信出版集团

艾米莉·詹金斯,苏菲·布莱科尔
《甜点,真好吃》
中信出版集团

但我觉得,这本书真正的主角并不是灯塔,也不是守塔人,而是时间——就像苏菲以往的绝大部分作品一样。

《甜点,真好吃》是4个世纪里4个家庭制作同一种甜点的故事。

《寻找维尼》是一个多世纪里一只熊、两段友谊的承接。

《你好灯塔》也是。我们看到时间的流逝:在晨昏的变化中,在海浪起伏的变化中,在风霜雨雪的变化中,在四季的变化中,甚至在灯塔看似地老天荒伫立不动的姿态中。

其中最精妙的一个设计,是守塔人的妻子临盆生产的那个画面。灯塔房间被切割成7份,每一份都是妻子临盆前焦灼的脚步,就像一个时钟里的时针在走动。"我一直想在图画书里放一个生孩子的场景。新生命即将在茫茫大海中央诞生,那一刻,你失去了所有的时间感和方向感,你不知道自己在房间里已经走了一分钟、一个小时还是一个星期。"苏菲说。

"在灯塔里,守塔人的妻子在屋中踱来踱去。守塔人烧好热水,搀扶着她,吸气、呼气。"但即使在这样的情境之下,他仍然不忘"守护塔灯,在灯塔日志里,记下他们的孩子诞生的那一刻"。

至此,画面与文字给人的感觉是复杂的——不安中的沉静,沉静中的温柔,温柔中的忧伤,忧伤中的希望。

文字与画面都内置一种不断重复的旋律,正是这种复调给人以某种深沉的抚慰,让你觉得,即使岁月流逝,人事变迁,没有什么是永恒不变的,但我们终究会有一个可以依傍之处。无论远在世界的尽头,还是握在你的手中——书的力量之一,就是让我们能够逃避到书中,逃到不同的时代、不同的地方。我们可以想象自己就生活在大海中一个小小的岛屿之上,哪怕这种生活方式早已不复存在。

"一个男人和一个女人住在大海中央,过着宁静的生活,每天守护灯塔,注入灯油,点燃塔灯,令其彻夜不熄。是的,这种生活不再存在了,所以,趁它彻底消失之前,要把它记录下来。我就是怀着这样一种心情画下这本书的。"苏菲说。

我问她,对旧东西为什么有这样的执念?

"我不知道这些旧东西为什么对我这么重要。即使在很小的时候,我也喜欢旧东西,而不是新东西,我喜欢老旧的木头玩具,不喜欢新的塑料玩具。也许是因为古老的东西充满了故事吧,而我是一个讲故事的人。"

小时候,《小房子》曾经是她最爱的一个故事。维吉尼亚·李·伯顿(Virginia Lee Burton)笔下的小房子,原本生活在开满雏菊、种满苹果树的乡间,享受着四季变迁,偶尔好奇远处城市的灯光。

然而，随着城市的不断入侵，小房子一点点被"淹没"在公路、汽车、高架列车和高楼之间，她的彩漆裂了，窗户破了，她不再感知到季节的变迁，也看不到黑夜和星星。

然后有一天，小房子终于得到拯救，她被挪置到另一个美丽的乡间。人们再一次给她涂上了粉红色彩漆，窗户和百叶窗修好了，新的人家住了进来。她再也不好奇城市的生活了。

从某种角度来说，苏菲·布莱科尔觉得自己有点儿像那个小房子。从澳大利亚的海边小镇移居到美国之后，她在纽约生活了很长时间，但她的梦想一直是乡间的小房子。后来，她终于如愿以偿地在纽约郊区买下了一个小房子。

那所房子建于1790年。对于一个澳大利亚人来说，230岁已经很古老了。住在那个小房子里，她经常想：是谁曾经住在这个地方？是谁用木头做了橱柜？是谁垒了一块一块的砖？是谁点燃了壁炉里的火？是谁从小溪中取水……想着这些事情，她感觉自己仿佛与过去、与这片土地，有了某种真实的连接。

她谈起25年前的中国之旅。那时候，她独自来中国旅行，坐火车经过许多小村庄，如今，那些村庄都变成了城市，她见过的那些小房子也都不见了，"我看到不断有旧的东西被拆毁，新的东西被建起来。所以我知道，尽管维吉尼亚·李·伯顿为小房子安排了一个幸福的结局，但那个结局并不会长久，一切终究会重来，那片乡间最终还是会变成拥挤的城市。"

这可能也是为什么维吉尼亚·李·伯顿为小房子安排的那个新家，虽然同样开满了雏菊，种满了苹果树，但毕竟还是不一样——最初那一方小池塘不见了。

我问布莱科尔，孩子能明白这种惆怅吗？

她沉默了一会儿，转而回到《你好灯塔》。

一对父母读完这本书，觉得这真是一个悲伤的故事，不是吗？守塔人一家最终不得不离开灯塔，那里曾经是他们的家，但现在那一部分的人生结束了。

但孩子说：不悲伤啊。与灯塔道别后，他们会关上门，走到楼上，在他们的房子后面，有一整个世界等着他们去探索啊。

"我觉得很神奇，孩子能看到父母看不到的地方。那个楼梯是我刻意画在那里的，我希望他们的目光既是在回望，也是在望向未来。有时候，你必须让一个故事结束，才能让另一个故事开始。" ❖

维吉尼亚·李·伯顿
《小房子》
爱心树童书／南海出版公司

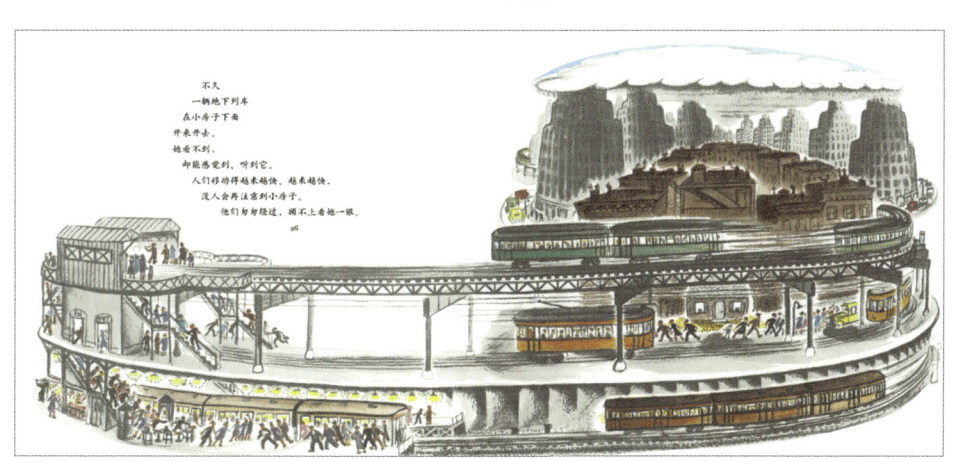

维吉尼亚·李·伯顿
《小房子》
爱心树童书／南海出版公司

7问多雷米：图画书的颜色实践

文／盖伊唐·多雷米
译／李学敏

画笔上蘸满颜料，脑袋中充满创意，诗意而闪光，盖伊唐·多雷米为孩子们创作了很多图画书，他写故事，也画插画。多雷米出生于1976年，毕业于法国斯特拉斯堡装饰艺术学院，如今他在这所学校教插画。

从1999年到2009年，多雷米主要为成人和青少年杂志画插画，慢慢地，他开始创作童书。多雷米创作了很多独一无二的人物形象，擅长通过形式上的变化、形态上的转变以及视角的转化来塑造形象，邀请读者进入他的二元世界，由他绘图的新书《快跑，老虎！》就通过"老虎"大小的变化，呈现出了老虎离开熟悉的环境来到人类世界后的困境。

在这篇采访文章中，多雷米通过回答各行各业的人提出的问题，全方位地阐述了自己的颜色实践之路。

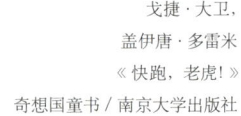

戈捷·大卫，
盖伊唐·多雷米
《快跑，老虎！》
奇想国童书／南京大学出版社

问：在您看来，什么是颜色呢？

盖：颜色是一种感性的密码，它或多或少能够触发情绪，激发情感。

问：您是如何运用颜色的呢？

盖：在我最初创作的一些图画书中，颜色无处不在。如果让我自圆其说的话，我觉得这些像烟火般色彩缤纷的图画书，通常蕴含着很多含义……在创作剪纸画以及水粉画的时候，我会更多地注重整体的颜色。我希望颜色能够成为图画有力的表达工具，能够起到"一石激起千层浪"的效果。

问：关于童书中的颜色，您能否详细介绍一下对主要颜色的运用呢？

盖：全球新型出版业的发展必然对出版速度提出更高的要求，这促使很多插画家去寻找具体的解决方案，普遍运用电脑绘图便是其中一个方法。这种方式可以更加高效地着色：使用图像处理软件Photoshop的颜色吸管，一幅灰色的铅笔速写很快就可以变成五颜六色的图画。这种机械的快速涂色方

式形成了一种完成作品的固定节奏和千篇一律的审美风格。此时的图书就如同商品一样，颜色只是吸引眼球和增加卖点的工具，而速成及浮夸的图画主要用于那些所谓符合市场需求的图画书，或是为报刊创作的插画。我创作了很多这一类型的书，这是一个被动的、无意识的过程：无论是创作这类插画，还是仅从美学角度欣赏它，我都很难从中获得乐趣。不过，我也花费了很多时间去打磨那些用传统工艺创作的图画书，我并不想做得和其他人一样。我觉得抱有一些创作的天真是很有魅力的……但我之后创作的图画出现两种对立的情况，一种是运用很多饱满丰富、绚丽多彩的颜色，以期达到最大限度满足大众审美的要求；而另一种则是在颜色中做出选择，运用最能凸显独特性，且符合文字作者的想法，以及我认为最能触动人心、生动鲜活、饱满充沛的颜色。

问：两者在描绘方式上无法兼容，不是吗？

盖：当然有例外的情况！读者快速的阅读节奏，幽默风格的图画，这些通常都需要迅速地获取颜色代码，并根据环境选择合适的颜色，使得画面的呈现效果更加直观。另外，技术总是有无限的可能性，很多插画家都是不同绘图技巧方面的高手！

问：谢谢您的解答，我们明白了，但是接下来您能举例谈谈您使用颜色的过程吗？

盖：我总是喜欢解构词汇、颜色和所要表达的意义，这很快将我自己限

定在了一定的颜色范围内。我也会经常利用页面的留白而使彩色的图画有"喘息"的机会，而色彩之间也会显得更加和谐，它们能够更好地讲述故事，颜色的叙事功能对我来说是一种难得的发现。在《快跑，老虎！》一书中，黄色是火焰的颜色，也是老虎的专属颜色，而其他颜色都是为了衬托老虎的黄色，直到故事最后的页面，老虎身上的色彩才多出了红色。

戈捷·大卫，
盖伊唐·多雷米
《快跑，老虎！》
奇想国童书 / 南京大学出版社

问：我们通常不是说相较于颜色的选用，故事本身更重要吗？这种说法好像恰好向我们展示了叙事和颜色之间的关系。

盖：没错。我在2013年出了一本图画书——《西部》（Western），这是一个类似西部片的故事。在这本书里，我运用了波普风格的颜色（蓝色的驴、粉色或绿色的山），以便把这个故事和西部片故事里固有的暴力情节割裂开来，创造出一种我特意放入故事中的充满诗意的色调。我还记得在我创作的第一本图画书中，一个大城市里的小孩，总是戴着红帽子，这顶红帽子就成了他的标志，就像是地图上的红色标记，这里就已经显示出颜色的叙事性了；在《晚些时候》（Plus Tard）一书中，我构思了一段环游世界的旅行，每一页都用限定的颜色来显示出其独特性：在图画、文字和颜色所呈现出的杂乱印象中，人物因颜色而被凸显出来；在《空冰箱》一书中，我刚开始用单色来描绘人们在大楼里离群索居的生活，后来，随着邻里之间彼此接触、分享和交流的场景渐渐出现，故事慢慢变得丰富多彩起来，图画

盖伊唐·多雷米
《西部》
© Autrement, 2013

盖伊唐·多雷米
《我的朋友》
© Le Rouergue, 2012

的颜色也开始随之多变；还有在《哇！》(Ouah!)这本书里，小狗们互相模仿，样子不断变化，原本多彩的毛色使它们与众不同，然而最终它们都渐渐变成了炫目的粉色；在《托尼欧》(Tonio)这本书里，荒岛上接近于基本色的动物们一起创造了一个奇怪的人，他并不完美，甚至性格有些缺陷，他是紫色的，而紫色对我来说是一种不够果决的颜色，它既不属于暖色，也不属于冷色。

问：所以颜色只是一种工具吗？

盖：并非总是如此。绘画及颜色体系是《我的朋友》(Mon Ami)系列书的主题：灰色的巨人为了追寻太阳，开启了他的第一次外出冒险，途中他遇到了一个黄色的矮人，这个黄色矮人有些奸诈，爱说谎话，喜欢冷嘲热讽。黄色的出现就是为了引出整个故事的脉络，接下来的冒险之旅可能会围绕红色或者蓝色来展开。不过，在用多彩的颜色去创作图画书之后，我现在似乎更想用简单的黑色线条来进行创作了。❖

盖伊唐·多雷米
《托尼欧》
© Le Rouergue, 2012

9本与颜色及儿童的感觉相关的专业书籍

在图画书的世界里,儿童的感觉是一个很宽泛的话题,可以从创作者的视角关注,也可以从儿童读者接受的视角关注,还可以从教育者、养育者的视角关注。它既是艺术的话题,也是心理与教育的话题,还可以是文化与审美的话题。

本书尝试以"颜色"为主要切入点,探索儿童的感觉与图画书创作、阅读和相关教育之间的关联。我们邀请两位主编阿甲、苏菲·范德林登和特邀作者詹妮弗·布朗各推荐3本相关的专业书籍,以期从更多层面及更广泛的角度,提供对本书主题进行延伸探索的可能。

★ 阿甲推荐书目

1.《儿童与图画:解析儿童绘画心理》

这是一本讨论儿童绘画的理论专著,信息量很大,本是为儿童发展和艺术教育的学生及研究者准备的,但普通读者也能读懂。

孩子画画时,到底是怎么想的?想要表达什么?应该如何评价与引导?大人们很想知道,但往往不得要领。心理学研究者乔利带领读者踏上一段迷人的路程,回顾了历史上以及当代儿童绘画心理领域的研究,从儿童对图画的理解,到对儿童创作图画的研究,从发展、认知、临床、教育、审美及跨文化的多种视角,探讨了关于"儿童与图画"的方方面面。

对于图画书的创作者与研究者,最感兴趣的可能是儿童在不同发展阶段对图画的理解能力,以及他们可能的关注重点。借助相关的研究,创作者与研究者可以更便于理解儿童,并找到与他们沟通的恰当方式。而在与孩子共读图画书的同时,观察他们在涂鸦中的表现,也将是更为有趣的活动。我们知道,儿童表征性绘画的发展滞后于他们对图画的理解,但他们绘制的图形也透露着成长的秘密,而观赏优秀的绘画作品(包括图画书)能提升他们的理解力,进而提升他们的绘画能力。在书中,我们还看到,不同的艺术教育背景下,儿童在绘画中表现出来的创造性和丰富性也有很大的差异。这也反过来提醒了我们为孩子们尽可能多地提供优秀图画书作品的必要性。

本书的译者李甦是专注于儿童绘画研究超过20年的心理学者,为此课题的研究还曾开班亲自引导幼儿绘画,借此进行观察与研究。在此实践基础上诞生的专著《探索儿童的绘画世界》也颇值得推荐。感兴趣的读者还可以阅读李甦翻译的《儿童绘画心理学——儿童创造的图画世界》与《儿童绘画与心理治疗——解读儿童画》。

2.《美与幼童:从婴幼儿看审美发生》

已故的刘绪源先生是中国儿童文学界一位备受尊敬的理论家与评论家,以敢于直言并坚持在童书领域的美学理论构建而著称。在他去世前,他因接触到越来越多的婴幼儿文学且自己升级为祖父,通过悉心阅读、近距离

---

1. Richard P. Jolley, *Children and Pictures: Drawing and Understanding,* Wiley-Blackwell, 2009
(中文版由广西美术出版社出版,李甦译)

2. 刘绪源,《美与幼童:从婴幼儿看审美发生》(增订版),江苏凤凰少年儿童出版社,2018年

观察与深入反思,开始尝试构建婴幼儿文学(包括图画书)的美学理论体系。这本书就是他生前完成的一部具有里程碑意义的专著。

这本书的写作深受李泽厚美学理论的影响,恰如李泽厚先生的评价,书中"提到幼儿和儿童的形式感也极重要",这是通常不会被搞美学的研究者所重视的部分。书中最有意思的地方还是一些基础性问题的提出:"无关文学内容的节奏,它是儿童要求秩序感的一种。"实际上这也是深入到哲学层面的探讨,比如关于人与动物的差异,关于人类对理性的过分偏重,是否真的有利于成长等。

同样是探讨童书(包括图画书)的审美价值,同样是探讨儿童对作品的理解与接受,这本书与心理学专著最大的不同在于,它主要强调婴幼儿的审美体验。从心理研究的角度,人们可能更关注儿童对作品在认知方面的理解,并延伸到相应的情绪变化,但可能不太触及对情感的影响。但婴幼儿通过五感在这个世界上探索,除了获取必要的信息之外,更奇妙的是,在这个过程中也实现了审美体验。作者提出,从情绪到情感的内化过程,由此出现的审美情感,"真正的审美才会开始"。

这是开放式的构建理论的尝试,有许多话题还需要更深入地探讨,但它最重要的价值是在提醒人们,千万不要忽略了童书阅读教育中的审美教育。

3.《儿童绘本创作指南:讲故事的视觉艺术》

这本从文图内容到排版都比较轻松易读的专著,主要是为有意投身童书插画行业的年轻创作者们准备的,因各种原因而关注图画书的读者,无论是普通的发烧友还是研究者,都能从书中找到自己感兴趣的部分。两位作者都是在英国的艺术院校教授学生如何创作童书的资深教授,所以书中会时时呈现带有教学色彩的创作个案,对创作感兴趣的读者确实能从中获益。

尽管这本书主要是从插画的角度讨论创作,但仍然能够提供全方位的视角,比如图画书的发展简史,创作者所需的艺术手段,从儿童读者的角度观察并探讨图画书与儿童教育的关系,儿童如何响应图画书等。从插画家的角度,作者也留意到颜色对儿童读者的情绪与情感的影响,谈到儿童在阅读之后的绘画行为是很重要的反应,"大量的证据表明,他们的想象力是如何被他们所'读到'的内容激发的"。作者谈到了图画书创作中一些可能有争议的主题(如到底适不适合孩子),也介绍了图文一体化的发展趋势,同时非常专业地展现了印刷技术的发展正在如何深刻地影响着创作。这本书最后也分享了有关出版流程与当下出版格局的重要信息。总之,它对于准备踏入创作之门的年轻插画家们确实是很实用的教材。

值得一提的是,第一作者马丁·塞利斯伯里是剑桥艺术学院童书插画专业的创始人。他是一位颇受欢迎的导师,可谓桃李满天下,他的学生中有许多是来自中国的年轻艺术家。

不过这本书的中文翻译略有瑕疵,主要是人名与书名的翻译相当随意,基本无视书中提到的大部分作品已有中文版的事实。

3.Martin Salisbury, Morag Styles, *Children's Picturebooks: The Art of Visual Storytelling*, Laurence King Publishing, 2012
(中文版由北京美术摄影出版社出版,李文娟译)

★ 詹妮弗·布朗推荐书目
译／常妮

4.《如何培养读者》

"阅读能够调动所有感官，"《如何培养读者》一书的合著者帕梅拉·保罗、玛丽亚·鲁索以及《纽约时报书评周刊》的编辑们都这样明智地建议，"不仅仅是父母的声音，还包括书页的触感、书的外形和重量、胶水的味道，以及插图的视觉效果。"从纸板书起，婴幼儿就开始把翻书看作他们日常生活的一部分，就和每天洗澡、吃饭和上幼儿园一样。

这本书的作者们给家长和教育工作者提供了一系列入门纸板书，比如桑德拉·博因顿（Sandra Boynton）的《哞，咩，啦啦啦！》，如果从保罗和鲁索所说的"幼儿读物中最具权威性"的图书开始检索，这本书或许会是你的首选。书中的主人公是来自儿童世界非常有辨识度的各种动物，且书中反复出现动物们的叫声，邀请孩子们模仿各种叫声并大声"读"出来。再比如艾瑞·卡尔的《好饿的毛毛虫》，这本书对一周中的每一天、不同的颜色、小动物进行了典范性的介绍，配合页面上设计的"手指可以戳进去的洞洞"——"（整本书）五彩缤纷、美味可口、令人愉悦。"还有小比尔·马丁（Bill Martin Jr）和约翰·阿尔尚博（John Archambault）的《叽喀叽喀蹦蹦》，它由凯迪克大奖得主洛伊斯·埃勒特（Lois Ehlert）绘图，通过极具辨识度的图画吸引儿童读者识别押韵对句中的字母，如往椰子树顶爬的"a，b，c"，保罗和鲁索评价这本"有催眠意味的字母书读起来很有趣"。《如何培养读者》一书还为读者提供了阅读技巧，并为年龄稍大的图书爱好者推荐了吉莉恩·玉城（Jillian Tamaki）的新书——《他们说蓝色》（They Say Blue），这本书讲述的是"通过色彩的'镜头'来表现自然的感官探索与时间的流逝"。

5.《孩子的每日一书》

在这本书中，作者安妮塔·西尔维每天挑选一本童书进行深入解读。例如，1月21日，她选择了梅兰妮·瓦特（Mélanie Watt）的《松鼠小嘀咕》，介绍了这本图画书的创作来源。作家兼画家瓦特"从小就被恐惧所困扰"，因此选择小英雄松鼠作为她的"另一个自我"。孩子们可以和小嘀咕一起开怀大笑，因为他会拿出"在发生危急情况时精心制定的撤离计划，还有准备充分的应急工具箱"。卡通风格突出表现了小主人公滑稽的表情和他利用感官去感知危险的方式。松鼠小嘀咕害怕离开自己的树，他每天醒来后要做的事情就是吃坚果、看风景（主要是监视"绿色火星人和杀人蜂"），一直到睡觉。后来有一天，一只"杀人蜂"真的出现了，小嘀咕惊慌失措地从树上摔下来，但他竟然安全着陆了，原来他是一只会飞的松鼠。西尔维指出这本书真正的天才之处在于："表面上，《松鼠小嘀咕》能让每位读者都在一只小松鼠的滑稽行为中收获欢笑，并试图阻止悲剧的发生……事实上，这本书以其温和的方式，让儿童和成人读者重新审视自己害怕的事情。"

1月21日也是美国的"国家拥抱日"，西尔维提到了几本与"拥抱"相关的最受欢迎的书——杰兹·阿波罗（Jez Alborough）的《抱抱》、珊卓·和宁（Sandra Horning）的《会飞的抱抱》，以及苏珊·泰勒·布朗

---

4. Pamela Paul, Maria Russo, *How to Raise a Reader*, Workman Publishing, 2019

5. Anita Silvey, *Children's Book-a-Day Almanac*, Roaring Brook Press, 2012

(Susan Taylor Brown)的《拥抱石头》(*Hugging Rock*)等。

每天的阅读条目都满载着各种建议，再加上作者的生日、重要的历史事件，以及与之相关的书籍。书后还有按书名和作者编排的索引，以及按类别分类的书（如传记、章节书、奇幻书，等等），还有——也许是最重要的——按年龄段分类的书。因此，西尔维提供了多种将她的书作为资源来使用的方法：读者可以按当天的日期挑选一本童书，或者从索引中选择自己最喜欢的书或作者。

6.《写作盒子：图书馆里阅读与写作的本质联系》

莉萨·冯·德拉塞克的《写作盒子：图书馆里阅读与写作的本质联系》（免费下载网址：https://www.lib.umn.edu/publishing/writingbox）将关注重点转移到了写作上，帮助孩子们"加工"他们阅读和思考的内容。这本书主要面向教育工作者和图书管理员，但也适合父母和看护人与孩子一起阅读。冯·德拉塞克像写菜谱一样列出了"配料"：纸、钢笔、铅笔或记号笔，以及她所说的最重要的"指导文本"——能激发孩子们想象力的童书范本。她鼓励成年人先搭建好舞台，然后走开，让孩子们有空间和自主权去写作、绘画和想象。

冯·德拉塞克以地图作为切入点——这与她在银行街教育学院儿童学校从事多年的工作有关，她在那里担任了15年的图书管理员。学院的创始人露西·斯普拉格·米歇尔坚信，教育孩子最好的方法就是从他们熟悉的环境入手。成年人通过鼓励孩子们绘制卧室、教室或街道附近的地图向孩子们表明，孩子自己就是这个世界的专家。这也是一种向孩子们展示他们所生活的世界的理想方式——让孩子们知道，自己对这个世界的了解到底有多少。梅林达·朗（Melinda Long）和大卫·香农（David Shannon）合作的《千万别去当海盗》就是一份出色的指导文本，因为书中设计了一张藏宝图。冯·德拉塞克建议收集样本地图及学生地图册向孩子们展示，并建议向孩子们询问，他们还能绘制怎样的地图。她提供了一些案例，比如："身体构造的地图……一幅想象中的陆地或行星的地图，一幅童话世界的地图，比如睡美人在哪里陷入沉睡？"每一章都以一节简短的课程、所需要的材料和建议的指导文本开始。除了绘制地图，冯·德拉塞克还邀请孩子们参与制作食谱、明信片、杂志、回忆录等创意性活动。她认为，一旦开始，就会收获无限可能。

这本书拥有重要的启示作用：我们需要给孩子们一些种子——一支铅笔，几张纸，几本关于某个主题的书——然后看着他们向前走。

★ 苏菲·范德林登推荐书目
译／李思禹

7.《这些小矮人扛着什么呢？》

保罗·考克斯是一位自由的艺术家，涉猎绘画、舞台设计、平面设计等众多领域，与法国、日本以及世界各地的许多机构合作。1987年至2002年间，他出版了一些非常独特的儿童读物，有趣且富有诗意，插图充满表现力。这些作品对童书领域产生了非常重要的影响，时至今日，仍为新一代年轻的创作者提供养分，特别是在

6. Lisa Von Drasek, *Writing Boxes: The Reading/Writing Connection in Libraries*, University of Minnesota Libraries Publishing

7. Paul Cox, *Ces Nains Portent Quo?*, Seuil Jeunesse, 2001

插图和平面设计领域。

艺术图书的印刷和发行条件有很强的限制性，冲破限制的保罗·考克斯称得上是一位把通俗读物本身视为一门艺术的艺术家。可以毫不夸张地说，对颜色的处理是他作品中的第一要素。这位艺术家的美学观念从来不是追求严丝合缝的效果。因此，在他的图画书里，原色是他的偏爱，不太夺目，却得到了强有力的诠释。

他出版于2001年的《这些小矮人扛着什么呢？》并不是一本理论书籍，而是一本类似启蒙读物的认知类图画书。选择推荐这本书的原因是，它在很大程度上促进了认知类图画书——一种非常特殊的童书类别——在法国的复兴（其法语书名也很特别，译成其他语言就很难保留其一语双关的效果）。认知类图画书是给幼儿看的，可以说是孩子的第一本书，它把词汇和事物联系起来，从而帮助孩子认字识词。继保罗·考克斯之后，许多创作者发现文本和图像之间产生的差异很有意思，从而对这类书产生了兴趣。布莱克斯·博莱克斯就是其中之一，他的《人们》（*Imagier Des Gens*）彻底拓宽了读者对这一类书的想象。

在考克斯的这本书中，词汇和图像充满了异想天开的想象，其选择原则基于诗意且高于理性，并质疑了表象的概念。考克斯受雷内·玛格利特的艺术理念及其名作《这不是烟斗》的影响颇深。书中对于颜色的处理，再一次加深了这种对幼儿教育图书中被奉为圭臬的规则——具有现实指代性和参考性——的质疑。

实际上，在正式印刷之前，这本书在巴黎的一家丝网印刷工作室里完成了实验性的试印——按照预先排好的顺序交换印刷不同颜色的印版，同时列出每个版面的颜色分布表。在试印过程中，出现了意想不到的着色效果，而其中颜色效果最有趣的则被作为最终的样本来进行批量印刷。

从这一角度来说，书中的颜色并没有现实的参考意义，而是根据其本身的美学意义来选择的。因此，可以说这是一本在创造偶然性的认知类图画书，书中所呈现出来的差异有着别开生面的神奇效果。

8.《好色：自然的色彩方案》

玛丽-洛尔·克吕契（Marie-Laure Cruschi）是一位法国插画家和图像设计计师，她于2007年成立了克吕契形状工作室（Cruschiform）。她将图像的功能、参考性和诗意融合在一起，形成了自己独特的风格。她的作品深受保罗·考克斯的影响。

《好色：自然的色彩方案》出版于2017年，正是由于它定位在图像设计、参考性工具和诗歌这三大领域的交汇处，使得这本与众不同的书闪耀着令人瞩目的光彩，并收获了一部法语作品能获得的最高赞誉。这是一本以小说的开本形式设计、带有护封、透着浓浓的文学味道的色彩工具书。

翻开书，右边的页面满满地印着一个均匀的色块，每一页呈现一种颜色，让人立刻会联想到色卡，正是这种参考性让这本书成为了手工制造行业的必备书、设计师喜爱的工具书，以及所有色彩爱好者的珍藏。

与每一个色块对应的左侧页面则列明了这种颜色的名称，并配以一小段简短文字，用各种小故事来解释颜色的来源。

133种颜色、133个名称、133幅插

8. Cruschiform, *Colorama*, Gallimard Jeunesse Giboulées, 2017
（中文版由读库/新星出版社出版，李珈仪译）

图和 133 条兼具科学性及趣味性的知识就这样被呈现出来。

《好色：自然的色彩方案》称得上是一本真正的色彩百科全书。这首先需要漫长的研究工作来找出所列的每一种色彩的起源，包括语言、科学、文化、历史等方面；然后需要花费大量的时间进行编写，让文字对于大众来说清晰易懂；最后，如何使这本书在视觉上富有表现力，体现在最细微之处，需要大量的工作来完成。

这本书的精美、厚重、手感以及书中美丽的颜色和插图都能让人一见倾心，而对规律性的偏离也是它吸引读者兴趣的原因。这首先体现在这本书对颜色的先后排序上，例如在接连介绍了虾红和火烈鸟红（火烈鸟羽毛是由于吸收食物中的虾青素而形成的红色）后，接续的对开页是日升红，配图是太阳从水面升起时美丽的天空，而那片水域正是火烈鸟生活的地方。

另一个打破规律性的体现，是文图之间的差异性。比如奇异果绿那一页，文字部分让读者注意到奇异果（Kiwi）表皮的棕色与几维鸟（Kiwi）羽毛的颜色之间的联系，配图却是奇异果肉的绿色。

另外，这本书的闪光点还在于主题、内容和呈现形式的高度一致性。书的制作极其讲究，具有堪比色卡的易于翻动的特点，采用的 HUV 高质量印刷具有快干性，能避免纸张过分吸墨，使颜色能更准确地被呈现出来。作者还选择了一种有两层油墨的独特印版，用来印刷颜色的名称。

总之，这本书从内容到形式都是美学和智慧的完美结合，是向大众色彩审美的致敬。

9.《色彩列传：红色》

从 20 世纪 70 年代的捷克艺术家柯薇塔·巴可维斯卡到今天的中国艺术家朱成梁，浓烈的红色在这些儿童插画家的笔下展现出独特的姿态。

红色的艺术历史是非常丰富多彩的。法国杰出的历史学家米歇尔·帕斯图罗是西方中世纪研究专家、纹章学和符号学的研究专家，他既让同侪尊敬又备受公众赞赏，是一位可以被大众广泛接受的学者。

《色彩列传：红色》陈述了红色的美学历史，已被翻译成多种语言。红色在历史早期占有重要地位，时至今日已不再是日常环境中的常见颜色，但仍保留着强有力的象征意义。红色这种得天独厚的优势，其中一部分是由于技术原因：实际上，人类很早就制作出了红色颜料，并且能够将其应用于绘画和印染；早在旧石器时代的艺术中，红色就常见于洞窟岩画，譬如印度尼西亚苏拉威西洞穴岩画，那时的人们主要是从赭石土中提取红色；到了新石器时代，人们从茜草（一种有染色根的植物，能在多样化气候下生长）中提取出紫色颜料，然后加入各种金属物质，如氧化铁或硫化铅等。由此可见，红色的化学合成很早就出现了，并且效果显著。

和欲望、权力相关，红色的象征意义十分显著，并能在众多色彩中脱颖而出。在古代，红色的地位高于白色（无色）和黑色（脏污），当之无愧地站在黑白两个极端之上的金字塔顶端。

黑白红三种颜色的划分在之后的童话故事中也有表现，尤其是与红色密切相关的童话故事《小红帽》。在这个故事的所有版本中，包括那些可以追溯到千年前的口头版本，这个小女

9. Michel Pastoureau, *Rouge, Histoire d'une couleur*, Le Seuil, 2016
（中文版由生活·读书·新知三联书店出版，张文敬译）

孩总是身着红色。小女孩（红色）带着一小罐（白色）黄油去看望外婆（黑色），我们从中可以看出原始三色系统的雏形。其他童话故事中也出现了这三种颜色：白雪公主接过黑巫婆的红苹果；黑色的乌鸦掉了一块白色的奶酪，被红狐狸叼走了。这些故事都以红黑白三色作为象征符号。

我们也由此发现了颜色的科学史如何帮助我们更好地理解颜色在当代儿童读物中的重要作用。米歇尔·帕斯图罗也写过其他颜色的历史：黑色、蓝色、黄色和绿色，该系列的每本书都是知识和智慧的结晶，是每一位图像评论家和研究者的必读佳作。但米歇尔·帕斯图罗书中的颜色历史显然只限于欧洲，我也非常期待看到详述颜色世界史的作品。❖

《胖金鱼去哪儿了？》

陈赛 / 著　刘畅 / 绘
奇想国童书 / 浙江少年儿童出版社
预计 2021 年 1 月出版

[我的第一本图画书]

陈赛

毕业于北京大学新闻传播系，现任《三联生活周刊》主笔。多年来一直为童书撰写评论文章，并译有多部图画书。著有《大学的精神》（合著）、《关于人生，我所知道的一切都来自童书》，主编《学会幸福：人生的 10 个基本问题》。《胖金鱼去哪儿了？》是她的第一本图画书。

刘畅

教师，图画书创作者。在中央美术学院取得学士及硕士学位后，任教于安徽师范大学美术学院。2019 年至今，于日本大学艺术学部攻读博士学位。图画书作品有《北冥有鱼》《门兽》《森林咖啡馆》《燧人氏》等。

内容介绍:

　　一个春天的早上,几个小朋友去海边玩,发现了一条死去的胖金鱼。胖金鱼死了,它会去哪儿呢?小朋友们七嘴八舌地讨论起来……有的说它会躲到金字塔里,有的说它会变成美人鱼,有的说它到月亮上去了,有的说它去了天堂……小朋友们能自己找到答案吗?他们又为胖金鱼做了什么呢?

故事缘起:

　　这是一个傻里傻气的小故事,但这个故事里所有关于死亡的想象,其实都在讲生的欢愉。每一个逝去的生命,都曾经有过爱、梦想和哀伤。我希望孩子们会明白,世界上曾经有这样的生命存在过;虽然现在它们消失了,但消失也是存在的一部分。

——本书文字作者 陈赛

专家点评:

　　这是一部特别的生命教育图画书,像其他关于死亡的故事一样,它展示了死亡的文化属性,包含了人对于死亡的各种想象,与别的故事不同,它还展示了死亡的自然属性,死亡就是死亡,就是生命的一部分。物质、能量与生命,都在辽阔的宇宙中变化转换,运动不息——我愿意把这看作是大自然温柔的祝福。

——儿童文学作家、研究者 常立

相关内页

"我的第一本图画书"旨在发掘优秀的原创作品,为喜爱图画书的新生代创作者们提供展示的平台。入选作品,皆为文字作者或图画作者的第一部原创图画书。